Alexander von Gleichen-Rußwurm

Pfifferlings Reise- und Liebesabenteuer

D1724032

Alexander von Gleichen-Rußwurm

Pfifferlings Reise- und Liebesabenteuer

ISBN/EAN: 9783959136204

Auflage: 1

Erscheinungsjahr: 2017

Erscheinungsort: Treuchtlingen, Deutschland

Literaricon Verlag UG (haftungsgeschränkt), Uhlbergstr. 18, 91757 Treuchtlingen. Geschäftsführer: Günther Reiter-Werdin, www.literaricon.de. Dieser Titel ist ein Nachdruck eines historischen Buches. Es musste auf alte Vorlagen zurückgegriffen werden; hieraus zwangsläufig resultierende Qualitätsverluste bitten wir zu entschuldigen.

Printed in Germany

Cover: August Macke, Promenade, 1913, Abb. gemeinfrei

Pfifferlings Reise= und Liebes= Abenteuer.

Von

Alexander Freiherr von Gleichen=Rußwurm.

Illustriert von E. Stübner.

Berlin 1904.

Boll u. Pickardt
Verlagsbuchhandlung.

1. Capitel.

ie kräftige römiſche Morgen-
ſonne lachte in das kleine
Zimmer, aus dem Karl
Pfifferling ſich eiligſt entfernen wollte, als er in der
Thür kräftig mit einem Liftjungen zuſammenſtieß, der gekommen
war, ihm die Morgenpoſt zu überbringen. Dabei fiel die Brille
von ſeiner Naſe, wobei ſie in Gefahr kam, von dem ſich
ſchleunigſt zurückziehenden Burſchen zertreten zu werden. Es ging
jedoch gut ab und Karlchen kam, mit einem Briefe ſeiner Mutter
bewaffnet, glücklich zum Frühſtück.

Der junge Mann ſah mit inniger Liebe auf die bekannten
Schriftzüge; er machte dazu ein ſo unwiderſteblich komiſches Geſicht,
daß der Kellner das Lachen nicht verbeißen konnte und ſich, als
Karlchen vorwurfsvoll zu ihm aufſchaute, nach einem anderen
Tiſch begab.

„Warum lachen die Menſchen immer, wenn ſie mich anſehen?",
war auch diesmal ſein erſtes Gefühl, ein Zuſtand, der ihm —

feit er denken konnte — das Leben verbittert und das feurige
Vorwärtsdrängen der Jugend geraubt hatte. Er las ruhig weiter.
Gegen das Schickfal läßt fich nicht kämpfen, der Mensch kann
fich aber an alles gewöhnen, auch an den Fluch ungerechtfertigter
Lächerlichkeit.

Wenn man mit vierundzwanzig Jahren zum erften Mal auf
Reifen geschickt wird und nichts von der Welt kennt als die Liebe
der Eltern und den Spott der Fernerstehenden, fo ift ein Gefühl
von scheuer Unbeholfenheit faft felbftverftändlich. Die Mutter,
eine energifche Frau, nährte diefen Zuftand auf das redlichfte,
indem fie fich in die geringften Angelegenheiten des Sohnes mifchte.
Auch der heutige Brief enthielt eine Fülle von Ermahnungen, deren
Befolgung Karlchens Reife bedeutend erschwerte. „Nicht Aus-
gehen nach Sonnen-Untergang, in jedem Museum ein Halstuch
umnehmen, fich nicht mit unbekannten Menfchen einlaffen, fie
könnten Räuber fein u. f. w." Das ganze Regifter zu erfüllen,
wäre eine fchöne Aufgabe für eine Stiftsdame gewefen, einen
jungen Mann mußte es unter allen Umftänden grotesk erscheinen
laffen.

„Du haft doch hoffentlich an den Geburtstag Tante Adelgundes
gedacht?", las Karlchen jetzt und eine Blutwelle fchoß ihm ins
Geficht. Das war ja heute, den 24. März! Natürlich hatte er das
wichtige Familien-Ereignis vergeffen und er fah im Geift wie fich
das ftark gerötete Geficht der Erbtante zu fauerfüßem Lächeln
verziehen würde, wenn fie mitten in der Flut des Geburtstags-
Kaffees feinen unglücklichen Eltern mitteilte, daß von ihrem Neffen
keine Nachricht eingetroffen fei. Die alte Dame litt zwar an
einer chronifchen Abneigung gegen Telegramme, allein diesmal
blieb kein anderer Ausweg und der junge Mann ftürzte fich nach
haftig eingenommenem Frühftück auf das Telegraphenamt. Er
hatte keine Zeit zu verlieren, denn um zehn Uhr follte er mit

einem Freund feines Vaters in den „Borgia-Zimmern" zufammen-
treffen.

Auch diefes bevorftehende Ereignis hatte das fchüchterne,
leicht erregbare Gemüt Karl Pfifferlings ein wenig aufgeftört.
Die Frage, woran er Herrn Brüdermann erkennen werde und
was er mit deffen bekannt fchöner Tochter Helene anfangen folle,
verbitterte ihm den fchönen römifchen Morgen. „Jedenfalls fühlt
fich das Fräulein allein und hofft in mir einen Kurmacher zu
finden," brummte er vor fich hin und philofophierte weiter:
„Warum ift das Leben fo kompliziert?"

Dabei wäre er faft aus feinem offenen Wägelchen heraus-
gefallen, mit fo plötzlichem Ruck hielt das Vehikel vor dem Poft-
gebäude. Der Tante gefegneten Aufenthalt im Pfefferland gönnend,
fchrieb er die „herzlichften Glückwünfche", gebrauchte hierzu einen
reichlich mit Tinte befchmutzten Federhalter und fuhr fich, da ihn
unglücklicherweife etwas am Hals kitzelte, an den Kragen, auf
der blendend weißen Fläche die Spuren feiner Tintenfinger hinter-
laffend. Der Schalterbeamte lachte bei feinem Anblick und
fagte etwas Jtalienifches, das Pfifferling nicht verftand, denn fein
kleines Sprachregifter umfaßte weder das Wort „Tintenfleck"
noch „Befchmutzen". Man kann nicht auf alle Unglücksfälle
vorbereitet fein.

Während der weiteren Fahrt überlegte der junge Mann fein
Verhalten Brüdermanns gegenüber und bedauerte, daß er fie
geftern im Grand-Hotel nicht zu haufe getroffen. Das lakonifche
Kärtchen: „Wir find morgen um 10 Uhr in den Borgia-Zimmern
und hoffen Sie dort zu finden," hätte ihn am liebften von der
ganzen Brüdermann'fchen Bekanntfchaft zurückgehalten, wenn die
Angft vor feinen Eltern nicht gewefen wäre, denen diefe perfönliche
Beziehung fehr am Herzen zu liegen fchien. So verfuchte er trotz
aller Schwierigkeiten, die fich in feiner Vorftellung aufbauten,

dieſes Rendez-vous zuſtande zu bringen. Bei ſeiner Freude an den ſchönen Kunſtwerken hätte er ſich viel lieber allein in Pinturricchios Farbenſymphonien verſenkt. Aber was will man machen? Das Leben iſt ſchwer und will ausgekoſtet ſein.

Er ging beklommen durch die Sammlung herrlicher Marmorwerke und hatte kaum einen Blick für ſeine Lieblinge, die er während ſeines kurzen Aufenthalts in Rom ſchon öfters beſucht hatte. Seinem beſchaulichen Charakter lag es nahe, ſich in die Welt der Kunſt zu flüchten und Freude an Dingen zu haben, die ſtill für ſich ſchön waren und ihn nicht auslachen konnten. Auf ſeinen Gedanken laſtete heute Familie Brüdermann. Er wußte nur, daß der Vater ſehr groß ſei und einen ſchwarzen Bart habe, daß die einzige Tochter Helene für ein ſehr ſchönes Mädchen gelte und daß als dritte im Bunde eine arme Verwandte, Gretchen von Zingen reiſe, von der wenig Aufhebens gemacht werde.

Er betrat den Vorſaal mit den alten Gobelins und der modernen Büſte Leos XIII. und ſah ſich hilfeſuchend im großen Raum um. Wenn ſich ein Kurzſichtiger zuerſt die Brillengläſer mit Sorgfalt putzt, und dann ängſtlich fragend in die Runde blickt, ſo iſt es komiſch und entlockt ſelbſt dem ſogenannt beſten Menſchen ein Lächeln, es ſei denn, die Natur habe ihn ohne jeglichen Humor geſchaffen.

„Was ſucht denn der?", lachte ein ſehr eleganter junger Herr und ſtieß ſeinen Begleiter an. Beide muſterten das Publikum und ſchienen ſich augenſcheinlich furchtbar zu langweilen. „Er hat wahrſcheinlich ſeine Kinderfrau verloren," antwortete der Andere ziemlich laut, ſo daß Karl Pfifferling bei dieſem Laute ſeiner Mutterſprache ein Blutwelle ins Geſicht ſchoß und er ſich eilends ins nächſte Zimmer flüchtete. Es war zu eigentümlich, daß grobe Menſchen meiſtens deutſch ſprachen. Er war froh, in einem Trupp bädekerbewaffneter Engländerinnen zu verſchwinden, zwiſchen

denen er sich geborgen fühlte im instinktiven Gefühl, diese Damen
seien zum mindesten ebenso komisch als er.

„Gnädiges Fräulein, wenn das Pfifferling wäre?", wandte
sich einer der jungen Herren an ein hochgewachsenes Mädchen,

... daß grobe Menschen meistens deutsch sprachen.

das sich von einem jüngeren Geistlichen die Geschichte dieser Räume
erzählen ließ, und deutete auf die verschwindende Erscheinung mit
den zwei Tintenflecken am Kragen.

Helene Brüdermann zuckte die Achseln: „Fragen Sie ihn
doch, Baron," sagte sie gleichgültig und bat den Monsignore

Regenez in feiner intereffanten Erzählung fortzufahren. Den jungen Herren ging der gefchmeidige, hochgebildete Priefter weidlich auf die Nerven und fich bewußt, außerordentlich überflüffig zu fein, folgten die beiden in den fchönen Raum, in welchem die heilige Katharina einen holden Zauber auf die Befchauenden ausübt.

„So ift etwas Großes um die Kunft," fagte der Monfignore beinahe andächtig. Er war keiner von den fanatifchen Prieftern und ftudierte lieber in den alten heidnifchen Philofophen als in den Büchern des heiligen Auguftin. Baron Berchthold hätte gern mit einem Witz erwidert, aber zu feinem Glück fiel ihm keiner ein und, das Mäntelchen Fräulein Brüdermanns feft an fich preffend, wandte er fich wie er von den Bildern ab und den Menfchen zu. Sein Genoffe, der Leutnant Fritz, war eben befchäftigt, Helene den Operngucker zu geben und fprach dabei das bewundernde Wort: „Pyramidal!"

In diefem Augenblick trat Oberft Brüdermann auf feine Tochter zu: „Liebe Helene, Du erlaubft, daß ich Dir den Sohn meines Freundes Pfifferling vorftelle." Linkifch verbeugte fich Karlchen vor der fchönen jungen Dame, die ein beluftigtes Lächeln über ihre Umgebung ftreifen ließ und dem Ankömmling die Hand entgegenftreckte. Doch diefer, in der rechten den Hut, in der linken den aufgefchlagenen Bädeker haltend, wußte nicht, was er machen follte, und fpielte wie gewöhnlich eine klägliche Figur.

Ihre Begleiter, denen Helene „Herr Pfifferling" vorftellte, kicherten. Sogar über die ernften Züge des Monfignore glitt ein Lächeln und der erftaunte Ausdruck des Barons verriet, daß er eine ungebügelte Hofe, die über dem Knie von felbft eigentümliche Falten erzeuge, bisher nicht für möglich gehalten habe. Herr Brüdermann erklärte, daß Gretchen den jungen Mann an einer gewiffen Familienähnlichkeit erkannt und dadurch das glückliche Zuftandekommen des Rendez-vous vermittelt habe.

E. Stübner 1901.

... daß ich Dir den Sohn meines Freundes Osserling vorstelle.

Karlchen war plötzlich in einem Kreis unbekannter Perfonen aufgenommen und mußte fich darin, fo gut er konnte, zurecht= finden. Am entfetzlichften war ihm die junge Dame, die ihn fo plötzlich angefprochen: „Nicht wahr, Sie find Herr Pfifferling?" Er war bereits in die allegorifchen Figuren vertieft und nahe daran, vor lauter Freude an den gewaltigen Sprüngen der mittel= alterlichen Phantafie die ganzen Brüdermanns zu vergeffen, fo daß er auf die Frage am liebften mit einem kräftigen „Nein" geantwortet hätte. Aber dazu war er zu fchüchtern und mit dem Rufe: „Onkel, ich habe ihn gefunden!" brachte ihn Gretchen von Zingen zu dem ftattlichen Herrn, der fich in einer Fenfternifche mit dem Archäologie=Profeffor Meierfen über antike Ausgrabungen unterhielt. Es lag eine gewiffe, fanfte Energie in der jungen Dame, obwohl fie im gefucht einfachen Kleide etwas afchenbrödel= artig neben ihrer Coufine ausfah. Es hatte auch keiner der jungen Leute daran gedacht, ihr im gut erwärmten Mufeum das Mäntelchen abzunehmen. Der Profeffor nicht, weil es ihm un= bekannt war, daß man etwas derartiges thun könne, Baron und Leutnant nicht, weil es für fie keinen Zweck hatte, dem armen Bäslein gegenüber dienftfertig zu fein.

Karlchen beobachtete fchnell und ficher im Bereiche feiner kurzfichtigen Augen. Der freundlich mitleidvolle Blick Gretchens war ihm entfchieden unheimlich, er trat neben Helene, hauptfäch= lich um die Auseinanderfetzungen des Priefters zu hören, der fich eben in ziemlich freier Weife über die Borgias und ihren Hofmaler Pinturricchio ausließ.

„Ich begreife, daß Julius II. aus diefen Räumen floh und fich durch Rafaël die heiteren Stanzen ausmalen ließ. Für ihn war jeder diefer Heiligen und Figuren ein Portrait, deffen Urbild er haßte. Sehen Sie z. B. die zwei blonden Teufelchen. Es müffen Perfonen fein. So leibhaftig läßt fich eine Allegorie gar nicht empfinden."

„Darin liegt gerade", bemerkte Karlchen, vor Schüchternheit vielleicht etwas zu laut, „der große Reiz alter Bilder. Diese Maler waren perſönlich, wenn ſie allegoriſch wirken wollten. Nicht ſo wie heute ...." Helene ſah ihn überraſcht an, leider konnte er den Satz nicht vollenden, denn in ſeiner Begeiſterung war er einen Schritt zurückgetreten, gerade auf die Fußſpitze einer ſehr umfangreichen Dame, die ihn mit kräftiger Hand und einem franzöſiſchen Fluch von ſich ſtieß. Der gute Eindruck war wieder einmal verwiſcht.

„Aber, gnädige Frau, welche Ueberraſchung!", rief gleichzeitig Leutnant Fritz und eilte einer hochgewachſenen Blondine entgegen, die ſehr elegant und etwas auffallend den Saal betrat. Frau von Pakert war nach Rom gekommen, ſich zu amüſieren und ging des Vormittags manchmal in ein Muſeum „die durchreiſenden Bekannten zu treffen". Heute war ſie ſelig, in Leutnant Fritz einen früheren Regiments=Kameraden ihres Mannes zu finden, und begrüßte Brüdermanns, mit denen ſie vor ein par Jahren in derſelben Garniſon geſtanden, wie alte Freunde. Ihr Mann, Rittmeiſter von Pakert, benutzte ſeinen Oſterurlaub, ſie abzuholen und wurde erbarmungslos von einer Unterhaltung zur anderen geſchleppt. Er machte einen ſtillen und zurückhaltenden Eindruck, ſo lange nicht von Pferden und Hunden geſprochen wurde. In Muſeen hielt er ſich meiſtens gelangweilt ein wenig hinter ſeiner Frau und überließ es dem jugendlichen Robert Lenz, ihre Beobachtungen anzuhören. Dieſer — der einzige Jnhaber einer großen Bankfirma — war ein angenehmer, liebenswürdiger Cour=macher. Frau Wanda von Pakert wußte ſeine Geſellſchaft, ſeine Blumen, ſeine Bonbons zu ſchätzen und der Rittmeiſter lachte gutmütig über dieſen „Freund ſeiner Frau", kannte er doch einerſeits Wanda trotz aller Vergnügungsſucht als treue Gattin und Mutter, und schätzte andererseits den nützlichen, jungen Herrn, der manche kleine Pflicht des Ehemannes willig auf sich genommen. Hatte die Welt anfangs dieses Dreigestirn für absonderlich gehalten, so waren nach und nach die gehässigen Stimmen verstummt, bis auf einige töchterreiche Mütter, die es dem jungen Millionär nicht verzeihen konnten, „einer verheirateten Frau nachzulaufen".

Besonders freundlich begrüßte Brüdermann Herrn Robert Lenz. In seiner langen Militärcarriere, die plötzlich nach einem unglücklichen Manöver ein Ende gefunden, war ihm der Wunsch immer deutlicher bewußt geworden, seiner Tochter einen vermögenden Mann aus anderen Berufskreisen zu verschaffen.

Den Sohn seines vermögenden Freundes begrüßte er cordial, die Millionen des Bankhauses Lenz beinahe andächtig.

Auch Helene war merkwürdig entgegenkommend, so daß Frau Wanda erstaunt eine ihrer endlosen Reden unterbrach und Robert mit einem Blick ansah, der dem eines Sammlers glich, dessen Lieblingsporzellanfigur sich in den unsicheren Händen eines Fremden befindet. Der schöne Baron und der muntere Leutnant gaben heute schon zum zweitenmal ihre Eifersucht auf und ihre Mienen sprachen deutlich: „Schon wieder einer!" Der Monsignore hatte sie gelangweilt, Lenz war ihnen unangenehm, denn ein Kampf gegen das rollende Gold ist bei Frauen wie bei Staaten unsicher. Nur Karlchen Pfifferling war ihnen gleichgültig. Er drehte eben die Tintenseite seines Kragens Wanda von Pakert zu, die das ihr innewohnende Talent, eine allgemeine Stimmung in Worte zu fassen, sofort kundgab: „Aber Herr Pfifferling, was haben Sie mit ihrem Kragen angefangen!"

Eine Lachsalve folgte und alle Engländerinnen sahen sofort
in ihrem Bädeker nach, ob etwas Komisches in diesen Räumen
zu finden sei. Karlchen errötete hoffnungslos, faßte sich verlegen
an den Hals und Gretchen sagte in ihrer sicheren unendlich
ruhigen Weise: „Nehmen Sie doch ein Halstuch um, dann merkt
niemand die beiden Flecken". Er befolgte ihren Rat und merkte
wieder einmal die tiefe Weisheit seiner Mutter, die ihm beim Ein-
packen in jede Paletottasche ein seidenes Tüchlein gesteckt. Aber
ein Gefühl finsteren Hasses stieg gegen das Mädchen in seinem
Herzen auf, das immer wußte, was man zu thun habe und
Verlegenheit oder Angst nicht zu kennen schien. Es gab doch
glückliche Menschen auf der Welt.

Er zog sich in eine Ecke zurück und versuchte, sich gegen
die Blendung mit dem Hute schützend, die Malereien der Fenster-
wand zu betrachten, wobei er zufällig neben den Archäologen
zu stehen kam. Karlchen bewunderte das prachtvolle Spiel der
Farben und die Stimmung der alten römischen Landschaft und
frug, da er sich immer zu belehren trachtete, Herrn Meiersen
nach der tiefen Bedeutung einiger Gestalten. Der Professor drehte
sich mit der Bemerkung: „Wofür halten Sie mich denn?", un-
willig ab und Monsignore Degener, der die Frage gehört hatte,
flüsterte dem erstaunten Pfifferling belustigt zu: „Meiersen ist doch
Archäologe und nur wegen Fräulein Brüdermann hier". Das
arme Karlchen kannte die tiefe Bedeutung eines echten Fachge-
lehrten noch nicht, der im Grunde genommen genau wie ein
römischer Ladenbesitzer ist, dessen ganzer Reichtum im Schaufenster
liegt. Fragt man ihn nach einer anderen Ware, sagt er im Tone
des Vorwurfs: Das giebt es nicht. Auch einen Gelehrten darf
man nur nach Dingen fragen, die in seinem Schaufenster liegen
und Herr Meiersen hatte in dem Seinen ausschließlich römische
Altertümer.

Unterdessen legte Helene den Arm leise in den des Vaters, ihn unwillkürlich aus dem Zimmer der heiligen Katharina in den großen Nebenraum führend. Sie benutzte geschickt den Augenblick, sich unbemerkt zu entfernen, denn Frau Wanda fesselte die Anderen durch Beschreibung ihrer Schicksale auf den Afternoontheas des gestrigen Tages. „Du hast ihn selbst gesehen, Papa. An Pfifferling zu denken ist jedenfalls ein Unsinn."

„Wenn er sich die Haare schneiden ließ, wäre er garnicht so übel."

„Deinem Gesicht seh ich's an, Du findest ihn ebenso lächerlich als ich."

„Gewiß, mein Kind. Du weißt, was Du zu thun hast," meinte Herr Brüdermann etwas ungeduldig, „die Millionen des Herrn Lenz sind jedenfalls vorteilhafter eingekleidet."

Helene nickte schweigend und verständnisinnig. Sie war ein Soldatenkind und verstand es trefflich, den Augenblick auszunutzen. Fand sie auch Gefallen an der schlanken Gestalt und den guten Manieren des Baron Berchthold, als dessen Gattin sie sich unter den baierischen Ulanen sehr gut am Platz gefühlt hätte, so verstand sie doch ihrem Vater und sich selbst gegenüber die Verpflichtung, wenigstens den Versuch zu machen, einen Mann wie Robert Lenz zu fesseln. Sentimental war sie nicht aber unternehmend und im Bewußtsein ihrer Schönheit schritt sie auf Robert zu und fragte ihn, ob er in Rom interessante Altertümer erstanden. Durch eine Bemerkung Wanda's hatte sie seine Freude an Kuriositäten erfahren und beschloß, mit ihm ein Gespräch über das Sammeln im allgemeinen zu beginnen, das ihr Einblick in die besonderen Liebhabereien des Mannes gewähren sollte, von dem sie im großen ganzen nicht mehr wußte, als daß er reich und unabhängig sei.

„Die alte Siena-Ausgabe eines Vafari, gnädiges Fräulein. Ausgezeichnetes Exemplar. Das Exlibris beweift, daß es in die berühmte Offini-Bibliothek gehört hat. Jetzt verfolge ich eine Ausgabe des Satyricon von 1585 mit dem Namen J. Doufa aus Leyden. Aber der Fürft Cefarini will mir den Kauf ftreitig machen."

Wanda's gute Ohren vernahmen den Beginn diefer Geftändniffe eines Bücherfreundes, fie mufterte Helene mit einem beforgten Blick, ließ ihre hellen, etwas nichtsfagenden Augen fragend über die anderen Herren gleiten und fagte mit dem Ausdruck tiefften Bedauerns zu Pfifferling:

„Die arme Helene! Wenn Lenz von Büchern anfängt, hört er nicht mehr auf. Thun fie ihr doch den Gefallen und unterbrechen Sie das Gefpräch." Sie trat zu ihrem Mann und Leutnant Fritz, die endgültig in die wichtige Streitfrage verwickelt waren, ob „Silvia von Neftor aus der Undine" oder „New-mount" das Frühjahrsrennen in Baden gewinnen würde. „Schon wieder Pferde!", feufzte fie und fah wehmütig auf Lenz und Fräulein Brüdermann. Wer wollte es ihr verdenken, wenn fie fich Mühe gab, den Freund zu erhalten. Kam Robert anderen Menfchen auch langweilig vor mit feinen übermäßig gepflegten Händen und der Liebe für Porzellan und alte Bücher, fo fchien er Wanda ein Lichtftrahl zu fein im ewigen Turnus von Jagd und Rennen, Rennen und Jagd.

Karlchen, an fich höflich und ein klein wenig ftolz darauf, daß eine gefeierte Dame ihn mit einem Auftrag beglückt, begab fich zu Helene, die eifrig fprechend mit Lenz die lange Statuengallerie betrat. Die Anderen folgten lärmend und lachend mit Wanda. Die junge Frau verfteckte die innere Unruhe unter befonders geräufchvoller Luftigkeit. Eine Zeit lang hörte Pfifferling den Auslaffungen über den Vafari ruhig zu und zermarterte fein

Hirn vergeblich darnach, einen Gedanken zu finden, mit dem er das Gespräch passend unterbrechen könne. Endlich entstand eine kleine Pause.

„Können Sie genug italienisch, das schöne Werk mit Genuß zu lesen?"

Helene war sprachlos und Lenz bemerkte mit ungeheurer Milde: „Ich habe 5000 der seltensten Bände gesammelt. Glauben Sie, daß ich einen davon gelesen habe? Der Wert eines Bandes liegt in der Art und Zeit seiner Herstellung." Helene sah innerlich seufzend und äußerlich geduldig einer erneuten Auflage des Ebengehörten entgegen und fühlte, daß es gar nicht so leicht sei einen Millionär zu erobern.

Aber Gretchen trat im sicheren Instinkt, daß Karlchen sich im Vordergrunde unnütz mache, dazwischen und bat Herrn Pfifferling einen Augenblick ihren Bädeker zu halten, sie müsse in der Tasche die Marke ihres, in der Garderobe abgegebenen Sonnenschirmes suchen. Es war gerade vor dem berühmten vatikanischen Torso und auf eine, das Ebenmaß dieser Glieder bewundernde, Bemerkung erwiderte das Fräulein kurz und bündig, daß sie sich gar nichts aus zerbrochenen Sachen mache.

Die praktische Frau geht eben überall auf das Ganze und hat nicht die Philosophie, sich mit Bruchstücken zu begnügen. In diesem Mangel liegt ihr vorwärts treibendes Element und während die Anderen über Karlchens linkisches Wesen ausschließlich spotteten, suchte Gretchen bereits langsam und sicher ihn umzubilden. Er ging sie nichts an, aber sie wollte, daß er anders werde und dieses Wollen ist Grund genug für weibliche Logik.

„Mit Marmorstatuen mögen Sie bewandert sein, Herr Pfifferling", meinte sie und entdeckte dabei, daß er hinter seiner Brille recht kluge, seelenvolle Augen habe, „aber ich halte es für beſſer, weniger von den Altertümern und mehr von uns heutigen Menſchen zu wiſſen." Eine Statue heiratet man nicht, hätte ſie beinahe geſagt, verbeſſerte ſich aber ſchnell im Gefühle, daß dieſe Bemerkung unpaſſend ſei, und fügte hinzu: „Ueber ein Marmor= bild kann jeder ſprechen, der ein Buch darüber geleſen hat, des= wegen kann er ſich noch lange nicht im Leben bewegen, wie er ſoll". — „Entſetzliches Weſen!", dachte Karlchen ſtill für ſich und verließ mit wehmütigem Blick das Muſeum, einen verlorenen Vormittag beklagend, der — ſeinem Gedankengang folgend — dummen Alltagsmenſchen ſtatt ſchönen Kunſtwerken gewidmet war.

In einem kleinen Laden am Tiber- ufer faß Robert Lenz, den Hut im Genick, den Stock zwischen den Beinen und betrachtete mit Ehrfurcht einen alten in gepreßtes Schweinsleder gebundenen Band, dessen silberne fein gearbeitete Beschläge auf einen guten Goldschmied der Medicäer - Zeit zu schließen erlaubten. Hinter dem Stuhl stand Monsignore Regener und beobachtete ohne Neid mit Interesse den Käufer. Er hatte seine Dolmetscher-Dienste angeboten und wollte sich dabei eines diplomatischen Auftrags erledigen, den er am Morgen von Oberst Brüdermann erhalten hatte.

Regener war der Sekretär eines Erzbischofs, dessen Auf- enthalt in Rom kirchenpolitischen Fragen galt und sich in die Länge zu ziehen schien. Der junge Priester konnte sich, da er von seinem Herrn wenig in Anspruch genommen wurde, den

Studien der Kunstgeschichte nach Belieben widmen und stand,
nach Handschriften und Drucken aus der Zeit Pinturrichios forschend,
mit den meisten Antiquaren in Verbindung. Als entfernter Ver-
wandter der verstorbenen Frau Brüdermann hatte er Beziehungen
zu dieser Familie und begleitete sie auf den Kunstspaziergängen
im vatikanischen Gebiet.

Langsam durchblätterte Robert den altfranzösischen Band
und ließ liebevoll das feste Papier aus dem 16. Jahrhundert
durch die schmalen Finger gleiten.

„Stimmt Sie der Titel nicht melancholisch — Les triumphes
de la noble et amoureuse dame et l'art de honnestement
aymer —?", lächelte der Geistliche. Er hatte Bouchets Schilde-
rungen aus dem Jahre 1545 bereits gelesen, aber die Sitten der
Renaissance hatten ihm ebensowenig als die heutigen Reue wegen
seiner Berufswahl eingeflößt.

„Sie könnten bald daran denken, „in Ehren zu lieben"."

„Ich?" Lenz klappte den Deckel geräuschvoll zu, so daß
der dicke Antiquitätenhändler, der bisher in olympischer Ruhe
seine Zeitung weitergelesen hatte, eine preisdrückende Kritik des
Priesters vermutete und mit einem „molto antiquo, rarissimo!",
näher trat. „Lieber Regener, trotz meiner Jugend kenne ich die
Frauen zu gut. Man ist nicht ungestraft in der Lage sich jeden
Wunsch erfüllen zu können". Die kleine Rede klang weder ein-
gebildet noch protzig und während Lenz den Händler bezahlte,
der beim Anblick der hohen Summe sein schmutziges Käppchen,
so tief er konnte, vom Kopfe zog und seinen seltenen Schatz
dem jungen Herrn übergab, betrachtete diesen der verhältnismäßig
arme Priester mit wohlwollendem Mitleid und sagte: „Wenn auch.
Ein Mann, wie Sie, hat die Pflicht, eine Familie zu gründen."
Sie schlenderten zusammen über die Engelsbrücke der Peterskirche
zu, als Professor Meiersen sie einholte und erregt fragte, ob der

Brüdermann'sche Wagen noch nicht an ihnen vorüber gefahren sei, Frau von Pakert habe ihm gesagt „der dumme Pfifferling" sitze bei den Damen. Dabei rollte er die Augen ebenso wild wie neulich Abend in der deutschen Bierhalle, als jemand seiner Ansicht über das Forum eine andere gegenüber gestellt hatte. Helene Brüdermann nahm in seinem Herzen bereits die Stelle einer sehr wichtigen Säule ein. Während er gestern an einem sehr tüchtigen aber sehr langweiligen Artikel für ein Fachblatt schrieb, geschah es ihm, daß statt „die heilige Helene" das Wort „die süße Helene" ihm unter die Feder kam. Liebe und Archäologie gehören nicht zusammen und er beschloß, die Sache so schnell als möglich zu fördern. Daß Karlchen im Landauer der Angebeteten gegenüber saß, störte den Professor und verlieh ihm den wütenden Ausdruck.

„Er wird sie heiraten sollen," lachte Lenz. „Schade um das schöne Mädchen!"·

„Sie denkt nicht daran", beeilte sich der Monsignore zu erwidern, um auf sein Thema zu kommen, während der Professor angenehm berührt „Meinen Sie?" seufzte.

Eben fuhr der Wagen an ihnen vorüber. Pfifferling neben Oberst Brüdermann, Helene gegenüber, sah verlegen und zusammengepreßt aus, das Fräulein hatte einen entschieden gelangweilten Ausdruck, ihr Vater machte ein Gesicht, wie einst, wenn er „die Herren Offiziere" zu einem Rüffel zusammenrief. „Es scheint etwas in der Luft zu liegen", urteilte der Monsignore und der Professor knirschte ergrimmt zwischen den Zähnen: „Sehen Sie!" Lenz betrachtete unterdessen im Schaufenster eines kleinen Ladens mit beinahe gerührtem Ausdruck eine Tasse, die der Laie für düster und schmutzig hielt, in welcher der Kenner jedoch ein seltenes Exemplar des feinen schwarzen Wedgewood Porzellans erkannte. Die Freuden eines Kenners sind

.... Eben fuhr der Wagen an ihnen vorüber.

eigener Art. Vielleicht liegt ein Hauptreiz darin, daß man sich zu einem großen Teil der verachteten Menschheit in Widerspruch setzt. Der Sammler war im Laden verschwunden, die beiden Anderen beeilten sich, dem Menschenstrom zu folgen, der an diesem Gründonnerstag sich anschickte, die weiten Räume der Peterskirche zu füllen. In der Vorhalle trafen sie mit Brüdermanns zusammen und wurden von Helene mit der Frage empfangen: „Wo haben Sie Lenz gelassen?" Der Ton klang gereizt, die Augen hatten eine leicht grünliche Färbung. Der Nachmittag war ein entschieden verdorbener. Lenz hatte Helenens Einladung, eine Spazierfahrt in die Campagna mitzumachen, abgelehnt, indem er wichtige Briefe vorschützte, und Papa Brüdermann war auf den Einfall gekommen, an seiner Stelle Pfifferling den Platz im Wagen anzubieten. Er wollte die Tochter bestrafen, weil sie seiner Meinung nach dem Millionär gegenüber ungeschickt verfahre, konnte er doch nicht wissen, daß die Arme sich bereits Jaquemarts Geschichte des Porzellans gekauft und die ganze Nacht darin gelesen habe. Lenz hatte das Buch erwähnt und es schien ihr leichter, sich mit seiner Porzellanliebhaberei als mit den bibliophilen Bestrebungen zu befreunden. Aus Eroberungslucht rüstet sich die Frau mit den merkwürdigsten Waffen.

Endlich kamen Pakeris mit Berchthold und Leutnant Fritz. Frau Wandas freundliches Gesicht, das in den letzten Tagen einen elegischen Ausdruck angenommen hatte, strahlte, als sie den vermißten Lenz nicht im Gefolge Helenens bemerkte. Sie wußte ihn bei einer Rarität und besaß die gute Eigenschaft, auf Sachen nicht eifersüchtig zu sein.

Karlchen stand mit zwei Feldstühlen, dem unvermeidlichen Bädeker und einem Mäntelchen bepackt etwas abseits. Ihn verlangte darnach den mächtigen Dom zu betreten und den feierlichen Gesängen zu lauschen, deren hohe Töne manchmal wie vom Winde

getrieben aus der Apfis bis zum Eingang drangen. Er verftand
nicht, wie man auf gleichgiltige Menfchen warten könne, um einer
Ceremonie beizuwohnen. Das arme Karlchen begriff manches
nicht im menfchlichen Leben und überfah in feiner Herzenseinfalt,
daß die meiften Leute Alles — auch Kirchenmufik und Kunft-
werke — nur im perfönlichen Gefichtswinkel betrachten. Er fah
unglücklich aus und etwas Watte, die er fich des Zuges wegen
ins Ohr gefteckt, war im Begriff, fich von diefem Platze zu
trennen. „Herr Pfifferling, fie verlieren etwas", bemerkte Leutnant
Fritz, während man fich in der Fülle von Menfchen einen Weg
zum Hochaltar bahnte. Hilfefuchend fah fich der Angeredete zur
allgemeinen Beluftigung um, bis ihm Frau Wanda, die von Natur
aus gutmütig war, zuflüfterte: „Glauben Sie doch nicht alles!"
Gretchen ging mit dem Profeffor. Sie hatte den entfchiedenen
Auftrag, ihn zu befchäftigen, da feine Zuneigung auf dem Punkt
ftand, Helene unheimlich zu werden.

Durch die weite Bafilica flutete der achtftimmige Gefang,
hell wie flüffiges Gold klangen die Obertöne des Soprans und
gewaltig erfchütternd klagten die Bäffe das Miferere. Es kam
etwas wie fromme Stimmung felbft über ungläubige Gemüter und
als auf dem großen Altarleuchter das erfte Licht von der Hand
eines Priefters gelöfcht wurde, flüfterte Berchthold leife zu Helene
gewandt: „Mir ift wirklich feierlich zu Mut". Dabei betrachtete
er das fchöne Mädchen, deffen Profil fich lieblich vom dunklen
Holze eines Beichtftuhls abhob, in deffen Schutz fie fich auf ihr
Feldftühlchen gefetzt hatte. Helene aber fah ab und zu beunruhigt
in die Menge, die fich im weiten Schiffe nach dem Hauptaltar
drängte, unb fpähte, ob fie nicht irgendwo den auffallenden hellgrauen Anzug Roberts entdeckte.

Ihr fagte die Mufik nichts, ihr entging der göttliche Zauber
des mächtigen Raumes, in den dunkler und dunkler die Schatten

des Abends fielen, denn ihr ganzes Wesen war von dem Gedanken
beherrscht, sich den jungen Mann zu erobern, der ihren Reizen
gelangweilt und temperamentlos gegenüberstand. In wenig Tagen
wollte man Rom verlassen, während er noch zu bleiben gedachte.
Dann drohte ein Sommer auf dem Landgut des Vaters und die
Gelegenheit, Lenz und seine Millionen ihr eigen zu nennen, war
ein für allemal verloren. Nur die lächerliche Gestalt Pfifferlings
schien sich wie ein unabwendbarer Schatten an sie zu ketten, er
und seine Eltern hatten für diesen Sommer eine Villa an der
Bergstraße gemietet, wenige Minuten vom väterlichen Rautenhof
entfernt. Ihretwegen natürlich!

Wie er da stand, ganz Ohr und Auge für die kirchliche
Ceremonie, wie man ihm seine innere Ruhe ansah, die kein Verlangen und kein Entbehren aus dem Gleichgewicht brachte, kam
er ihr beinahe hassenswert vor. Warum suchte er nicht nach
alten Büchern oder Tassen? Es hätte ihm so ähnlich gesehen!
Helene war nervös, sie stand auf. Ruhig an derselben Stelle
zu sitzen war unerträglich für sie. Auch Berchthold reizte sie
mit seiner feierlichen Stimmung. „Es ist heiß. Gehen wir etwas.
Pfifferling kann ja die Stühle bewachen". Karlchen zuckte bei
Nennung seines Namens zusammen und setzte sich, erfreut, die
Gesellschaft los zu werden, auf den frei gewordenen Platz. Neben
ihm stand Monsignore Regener, das Gebetbuch in der Hand, über
welches hinweg er lebhaftes Interesse an der auf- und abwogenden
Menge zu nehmen schien.

Alles drängte sich unter die Kuppel und wartete auf die
Prozession, die von der Apsis her kommen sollte, den Hochaltar
zu waschen und dann im Scheine der flackernden Wachskerzen zu
trocknen. Im dunkelnden Schiff wurden in eisernen Haltern hohe
Lichter entzündet; ihre roten Flammen spielten malerisch auf den
Gesichtern der kommenden und gehenden Menschen. „Sehen Sie

den fanatiſchen Ausdruck des jungen Mönches, er gleicht einem mittel-
alterlichen Bild neben dem glänzenden Marmor im Scheine der
Fackeln!" Ein älterer Herr mit weißem Bart und intereſſanten Zügen
hatte dies zu ſeinem Begleiter geſagt und Helene wandte unwillkürlich
den Blick nach der bezeichneten Stelle. Sie hätte beinahe einen
Freudenſchrei ausgeſtoßen, denn zwiſchen einigen braunen Kapuzinern
tauchte die lichte, hellgraue Geſtalt des ſehnlichſt Erwarteten auf.

Der Monſignore drängte ſich zu ſeinen Verwandten und
machte ſie darauf aufmerkſam, daß in wenig Augenblicken das
vorletzte Licht gelöſcht werde und in der ganzen Kirche nunmehr
ein einziges brenne, deſſen ſymboliſche Bedeutung ſei, Chriſtus
das Licht der Welt leuchte der Menſchheit auch im tiefſten Dunkel.
Er redete vor tauben Ohren, nur Brüdermann und Frau Wanda
ſchienen ſich für ſeine Worte zu intereſſieren. Pfifferling kam —
ſeine Stühlchen vergeſſend — auf dieſe Seite, weil er von ſeinem
vorigen Platz aus die Prozeſſion nicht hätte ſehen können. Niemand
bemerkte ihn außer Gretchen, die an der Seite des ſchweigſam
gewordenen Profeſſors mit ihrem Sinn für Humor manches
komiſche geſehen und gehört hatte.

So war Herr von Pakert augenſcheinlich ſehr beunruhigt über
Roberts Ausbleiben und hatte verlangend wie Helene nach ihm
ausgeſchaut. Ihn zu verlieren wäre dem Rittmeiſter ſehr peinlich
geweſen, denn einen anſpruchsloſeren und bequemeren Kurmacher
hätte ſeine Frau weit ſuchen können. Wanda brauchte aber
Jemanden, mit dem ſie plaudern und ſpazieren gehen konnte,
den die Kinder Onkel nannten und der auf Bällen die Pflicht
hatte, ſie zu Tiſch zu führen. Als Pakert, jetzt ſeinen prächtigen
Schnurrbart drehend, Lenz näher kommen ſah und die haſt
Fräulein Brüdermanns bemerkte, den Erſehnten zu erreichen,
machte er als guter Soldat einen Vorſtoß und redete Robert ſo-
fort an: „Meine Frau erwartet Sie auf der anderen Seite".

Eine Welt von Vorwürfen lag in dem Blick, den Helene über die ſtramme Geſtalt des Rittmeiſters gleiten ließ, als der junge Mann ſich nach Wanda umſehend, hinter einer Säule ver- ſchwand. „So etwas habe ich nicht für möglich gehalten“, ſagte der Rittmeiſter, ſcheinbar unbefangen zu dem wütenden Fräulein, „Gottesdienſt heißt es und ſieht einem großen Rout ſo ähnlich wie ein Ei dem anderen“. Helene antwortete nicht. Ihr war es vollſtändig gleichgiltig, wie die Leute über römiſche Kirchen- feſte urteilten, ſie verfolgte in der Menge einen grauen Strich, der bald auftauchte und bald verſchwand. Wäre es heller ge- weſen, hätte ſie neben ihm Frau Wandas rote Hutfeder nicken ſehen. Dafür griff Pfifferling das Geſpräch auf und meinte, wenn man wolle, könne man trotz der vielen neugierig Plaudern- den andächtig bleiben, die ſchöne Muſik übertöne die nichtigen Reden.

Ein Teil der Anweſenden warf ſich auf die Kniee, als von einem Balkon herab das Schweißtuch der heiligen Veronika ge- zeigt wurde. Pakert, des langen Herumſtehens müde, ſuchte ſeine Frau auf. „Wanda, ich hab’ genug, ich dachte, wir könnten gehen.“ In der Freude, Robert ihrer Rivalin entriſſen zu haben, war ſie gegen ihre ſonſtige Gewohnheit mit dem Gatten einver- ſtanden und die drei drängten ſich nach dem Ausgang. Durch die weit geöffneten Thüren ſah man auf das dämmernde Rom und größer, gewaltiger denn je kam den Rückſchauenden die Kirche vor, deren Umriſſe im flackernden Lichte weniger Kerzen undeutlich verſchwammen.

Auch Brüdermann drängte zum Aufbruch, ſcheiterte aber am Widerſtand ſeiner Tochter, die Berchthold ausgeſchickt hatte, „ihre Freundin Wanda“ zu ſuchen. Er kam unverrichteter Dinge zu- rück. „Die meiſten Leute gehen bereits“, meinte der Profeſſor, der fürchtete, keinen Platz mehr in dem Tramway zu finden, und

Karlchen, in deſſen Magen ſich ein Gefühl von Hunger breit
machte, fragte harmlos: „Worauf warten wir denn?“
„Auf Pakerts natürlich.“
„Die hab' ich mit Herrn Lenz vor einer Viertelſtunde fort-
ehen ſehn.“ Dem Monſignore dämmerte das Schreckliche dieſer
Nachricht und er ſah an dem zuſammengekniffenen Ausdruck, mit
dem Helene ſagte: „So gehen wir. Nehmen Sie die Stühlchen,
Herr Pfifferling“, daß die junge Dame bis ins Innerſte verletzt
war. Gekränkte Eitelkeit iſt die ſchlimmſte Wunde eines Frauen-
herzens. Daß Robert einer Porzellantaſſe wegen zu ſpät kam,
konnte ſie überwinden, aber daß er ſich an der Seite einer ſo
unbedeutenden Frau wie Wanda heimlich empfohlen, war ein
ſchwerer Schlag für ſie.

Sie ſah kaum, wie Pfifferling ſich ratlos entfernte, die verloren gegangenen Stühlchen zu ſuchen, wie der Profeſſor ſich an
ihre Seite ſtahl, um endlich ein Wort in ihre Ohren zu flüſtern,
wie Berchthold vorauseilte, den Wagen vorzurufen. Sie hatte
nur das dumpfe Gefühl einer Niederlage, aus dem ſich klar und
deutlich der Entſchluß entwickelte: Ich werde kämpfen.

„Gnädiges Fräulein“, flüſterte der Profeſſor. „Mein neueſtes
Werk muß Epoche machen. Es wirft Lichter auf die erſten
Mauern der Stadt Rom, die alles umändern, was meine Vor-
gänger geſagt haben“.

Sie dachte an die furchtbaren drei Bände über das Porzellan
und ſagte traumverloren, aber energiſch: „Ich werde es leſen“.

Vor den Augen des Profeſſors tanzten mehrere archaiſche
Blöcke einen frohen Reigen und kühner geworden fuhr er fort:
„Es wird mir den Ruf an eine größere Univerſität verſchaffen und
mich in die Lage bringen, einen eigenen Hausſtand zu gründen.
Sie verſtehen, wenn ich ein Mädchen ſuche, deſſen Bildung und
Verſtand . . . .“

„Der Wagen ist vorgefahren, Sie müssen sich eilen". Die
Stimme Berchtholds unterbrach mit dieser Bemerkung den Über-
gang des Archäologen von den Mauern der Stadt Rom auf die
Mauern des eigenen Hauses.

Man stieg ein. „Wir müssen auf Pfifferling warten", warf
Gretchen schüchtern dazwischen. „Wenn er nicht da ist, kann
man ihm nicht helfen; Baron Berchthold, setzen sie sich zu uns,
die Leute werden ungeduldig". Selig sprang der junge Mann
in den Landauer, die Pferde zogen an und mit etwas enttäuschtem
Gruße stand der Professor auf der untersten Stufe der Kirchen-
treppe. Aber der Gedanke „Sie wird mein Werk lesen" erfüllte
seine archaische Seele und wenn ein Volkslied aus der Zeit von
Romulus und Remus uns überkommen wäre, hätte er es sicher
auf dem Heimweg geträllert. Leider ist die Volkspoesie jener
Zeiten verschwunden und Professor Meiersen, in Unkenntnis neuerer
Epochen, blieb stumm.

Die meisten Menschen hatten sich bereits verlaufen und alle
Wagen waren davongerollt, als Karl Pfifferling abgehetzt und
unglücklich auf der Freitreppe erschien. Er machte einen ganz
hülflosen Eindruck, denn beim Vergeblichen Suchen der Feldstühlchen
war ihm die Brille heruntergefallen und zertreten worden. Kein
bekanntes Gesicht weit und breit. Ein gutmütiger Italiener hielt
ihn, sonst wäre er gefallen, denn er hatte in seiner Verlegenheit
eine der flachen Stufen übersehen, auf die der Laternenschein ein
unsicheres Licht fallen ließ. „Ein Verliebter, der seinen Schatz
sucht", meinte der Mann lachend zu seiner Umgebung und das
Gekicher der schwarzen hutlosen Mädchen trieb Karlchen zu
größerer Eile. Er verstand nicht, was sie ihm nachriefen, fühlte
aber, daß er ausgelacht würde. Einen großen Teil des Weges
mußte er zu Fuß zurücklegen und kam mit dem Bewußtsein,
sich erkältet zu haben, im Grand Hotel an, wo ihm der Bescheid

wurde, Brüdermanns hätten sich zurückgezogen und empfingen
Niemand am heutigen Abend.

Im Veftibül begegneten ihm Berchthold und Leutnant
Fritz, die ihn aufforderten, sie in ein Restaurant zu begleiten. Am
liebsten hätte er abgelehnt und wäre ruhig nach Hause gegangen,
aber aus Angst ausgelacht zu werden, sagte er zu, um im

... das Gesicht der schwarzen hutlosen Mädchen trieb Karlchen zu größerer Eile.

„Gambrinus" den spottlustigen Altersgenossen in höherem Grade
zum Opfer zu fallen. Sie verleiteten ihn zu den verschiedensten
Geständnissen und wälzten sich innerlich vor Lachen, als sie er-
fuhren, daß Karlchen mit bangender Sehnsucht seine erste Liebe
erwarte. Man trank einen Grog auf das Wohl der künftigen
Frau Pfifferling und riet ihm, recht vorsichtig zu sein, denn ihn
würden alle Mädchen verfolgen. Im Herzen des Gefoppten

malte die Phantaſie langſam das Bild eines ſchönen hartherzigen Fräuleins, das ihm heute im Wagen gegenübergeſeſſen und ihn noch ſchlechter behandelt hatte als Alle anderen. Spät in der Nacht ging er mit dem Gedanken nach Haus, die Liebe ſei ein ſehr ſchönes aber ſchmerzhaftes Gefühl.

3. Kapitel

Oberſt Brüdermann ſaß mit ſeiner Tochter zuſammen, als die Oſterglocken an allen Ecken und Enden der ewigen Stadt läuteten, und ſprach über praktiſche Dinge. Er war ſeit ſeinem Abſchied ein eifriger Blumenfreund und züchtete in ſeinem Garten ſchöne ſeltene Roſenarten in Menge. Obwohl er an manchem frohen Tage erklärt hatte, ſeine Tochter ſei die Königin all dieſer Blumen, die vom tief dunkelroten Sammet bis zum weißeſten Atlas eine herrliche ſommerliche Farbenſymphonie darſtellten, ſo fand er es doch an der Zeit, daß Helene den väterlichen Garten verließe. Als liebenswürdiger Egoiſt, der ſeinem einzigen Kinde von ganzem Herzen ein glückliches Schickſal wünſchte, hielt er im Bewußtſein eines ſtattlichen Mannes von 50 Jahren die eigene Zukunft noch nicht für abgeſchloſſen.

Helene's Mutter hatte er geachtet, doch niemals geliebt, ihr dankte der aus armen Verhältnissen hervorgegangene die Grundlage seines kleinen aber sicheren Wohlstandes. Das Herz war aber einer Jugendliebe treugeblieben, einem armen adeligen Fräulein, die — durch ihre Mutter an einen reichen Mann verschachert — seit einem Jahre Witwe geworden. Einige Briefe waren bereits zwischen beiden gewechselt und Papa Brüdermann begann leise zu hoffen, die Dame in sein Rosenparadies einführen zu können. Aber zuerst sollte Helene „dem Zuge ihres Herzens folgen" und dieser Zug sollte eine entsprechende Richtung erhalten.

„Wir müssen ihn nach dem Rautenhof einladen. Es geht nicht anders."

Helene zuckte ungeduldig die Achseln. „Für uns ist das Landhaus sehr gemütlich und angenehm. Aber Lenz, dessen Schloß eine Sehenswürdigkeit sein soll, wird unseren geringen Komfort höchstens belächeln." Sie drehte in ihrer schmalen Hand das Falzbein hin und her, mit dem sie Jaquemarts Geschichte des Porzellans aufschnitt, und sah flehend auf die kräftige Gestalt ihres Vaters. „Wie wäre es, wenn wir auf geschickte Art ein Zusammentreffen in Ostende oder Scheveningen herbeiführten."

Papa Brüdermann war sichtlich erschrocken und zitterte für jede seiner Rosen. Die bewußte Witwe, welche sich mit Pfifferlings gemeinschaftlich für diesen Sommer an der Bergstraße eingemietet hatte, wäre vielleicht auch an die See gegangen. Aber der Garten! Unerbittlich fuhr Helene fort. „Wir können ihn nicht ohne weiteres einladen. Was bieten wir? Man muß nach englischem Muster mehrere Menschen auf einmal haben, Partien arrangieren. Dafür sind wir nicht eingerichtet."

Warum mußte Pfifferling so abschreckend, Berchthold voller Schulden und der Professor — eben ein unbekannter Professor sein! Es ist traurig, daß die Weltlage im allgemeinen und die

Anfprüche des Einzelnen im Befonderen die Heiratskandidaten von Jahr zu Jahr feltener werden läßt. Zu feiner Zeit wäre für Berchthold Helene's Mitgift genügend und ein junger Profeffor auch vor feiner „Gefchichte der erften Mauern Roms" für Helene ein gern gefehener Bewerber gewefen. Der Oberft fah im Geifte eine wunderfchöne Maréchal Niel im Sonnenbrand verdurften und feine Tochter in den Wogen der Nordfee umfonft nach einem Goldfifch angeln. Er ftand auf und ging einige Male auf und ab, während er einen Entfchluß vorbereitete.

Die Peripathetiker hatten recht, als fie zum Denken das Gehen empfahlen, aber unbekannt mit einem engen Hotelfalon, kannten fie noch nicht das Gefühl, beim dritten Schritt vor einer lackierten Flügelthür umdrehen zu müffen und fchon wieder das halb fpöttifche, halb beunruhigte Geficht einer Antwort harrenden Tochter zu fehen.

„Ich will meinen Sommer nicht unnötigerweife zum Opfer bringen. Wir bleiben zu Haus."

„Soll ich etwa Pfifferling heiraten?"

„Du kannft einladen, wen Du willft. Richte das Haus nach Deinem Gefchmack her. Ich zahle alles", fetzte er mild hinzu. „Außerdem feid Jhr noch vier Tage auf Reifen zufammen. Ich dächte . . . . ." Das Uebrige verlor fich in unverftändlichem Gemurmel und Papa Brüdermann ergriff die Zeitung, hinter der er fich verfchanzte, um den Leitartikel zum drittenmal zu lefen.

„Vier Tage! Wie fich Papa das vorftellte!" Helene ergriff mißmutig ihr Buch. „Vielleicht wie eine Rekrutenbefichtigung!"

„Die Figuren der damaligen Zeit unterfcheiden fich von den Nachahmungen . . . ."; wie hatte fie fich doch geftern blamiert. Sie fand eine Capo di Monte-Gruppe zu leicht, um echt zu fein. „Davon verftehen wir nichts", hatte Frau von Pakert hohn- lachend gefagt und nicht gelten laffen wollen, daß fie fich

verſprochen habe. Sie wollte der Freundin zeigen, daß ſie ſich auf
echt und unecht verſtünde. Sie las weiter: „. . . . unterſcheiden ſich
von den Nachahmungen hauptſächlich durch Gewicht und Farbe.“
Was weiß Lenz von Farbe! Unterſcheidet er doch nicht einmal
ihren — Helene's — echten Teint von Wanda's falſchem. „Es
iſt doch ſelbſtverſtändlich, daß Frau von Pakert ſich malt, wie
ſollte ſie ſonſt in ihrem Alter . . . .“

„Deine Lektüre ſcheint ſehr intereſſant zu ſein“, ließ ſich des
Vaters Stimme vernehmen, der den zur Decke gerichteten Blick
Helene's bemerkte.

„Ich überlege, wer eingeladen wird.“

Der Eintritt Gretchens unterbrach das Zwiegeſpräch zugleich
mit der Meldung, daß Herr und Frau von Pakert vorgefahren
ſeien. Man beeilte ſich, traf im Wintergarten des Hotels die
jungen Herrn und fuhr gemeinſam nach dem Aventin, in deſſen
bekannter Oſteria man zu frühſtücken dachte. Lenz ſaß auf dem
kleinen Rückſitz in Pakerts Wagen und kam Brüdermann gar
nicht anſpruchsvoll vor.

Während man auf der Terraſſe, das Bild der ewigen Stadt
in ſtrahlender Mittagsſonne vor Augen, das Frühſtück einnahm,
begann Helene, die erſten Vorbereitungen für die Sommerſaiſon
zu treffen.

Profeſſor Meierſen teilte ſeine Blicke zwiſchen der Angebeteten
und dem Palatin, er ſprach von den einſtigen Bewohnern der
Ruinen und ſuchte ſeinen Worten durch gelehrte Bemerkungen
über das häusliche Leben etwas zweckdienlich poetiſches beizufügen.
Aber er blieb trocken wie ſeine Werke, ſogar in der ars amandi
konnte er den Profeſſor nicht verläugnen. Pfifferling ſaß zwiſchen
Lenz und Gretchen. Der arme Junge war in den letzten Tagen
blaß geworden und hatte die ganze ſtille Beſchaulichkeit ſeines
Weſens verloren. In ſchlafloſen Nächten ſah er das ſchimmernde

Haar, das Profil mit dem etwas ſtrengen vortretenden Kinn, die
ſchlanke Geſtalt in duftiger Roſa-Seide vor ſich und in jedem
Kunſtwerk glaubte er eine kleine Aehnlichkeit mit Helene zu finden.
Jetzt ſtarrte der Arme unaufhörlich ſein Jdeal an und ſchnappte
manchmal nach Worten, wie der Fiſch in der Luft nach Waſſer,
denn er wollte Fräulein Brüdermann mit etwas Vernünftigem an-
reden. Er zweifelte zwiſchen einer Bemerkung über das Kapitol
oder die Peterskirche und, während er vergeblich auf ein paſſendes
Stichwort wartete, wurden die Maccaroni auf ſeiner Gabel kalt.

„Aber ſo eſſen Sie doch!“ Sogar Gretchen wurde ungeduldig.
Ihr gefiel Karlchen, denn ſie erkannte ſeine guten Seiten, ſein
Gemüt und ſeine ſchüchterne Liebenswürdigkeit und wußte, daß
in einem gemeinſamen Leben die Vorzüge aller blendenden Eigen-
ſchaften verſchwinden, daß nichts anderes bleibt als wahre Em-
pfindung und Verſtändnis für kleine Schwächen. Wer aber unter
eigenen Fehlern leiden mußte, findet leichter Geduld für diejenigen
der Lebensgefährten. Dies wußte Fräulein von Zingen, die, als
arme Verwandte zwiſchen Onkeln und Tanten hin und her ge-
worfen, des Lebens Kleinlichkeit oft genug fühlte. Nun ging
ſie daran, mit Energie und mit Sinn für das Praktiſche, ſich
ein kleines aber ſicheres Glück zu gründen. Jn Karl Pfifferling
ſah ſie den geeignetſten Gegenſtand und richtete ihr ganzes Be-
ſtreben darauf, ihn von dem Fluch der Lächerlichkeit zu befreien.
Es war ein unglücklicher Zufall, daß er ſich in Helene verliebte,
Gretchen beobachtete mit wachſendem Schrecken ſeinen immer
ſchmachtender werdenden Ausdruck.

Mit deſto größerer Freude bemerkte Lenz dieſen Zuſtand.
Jhm wurde Fräulein Brüdermann unheimlich mit ihrer plötzlichen
Leidenſchaft für Meißen, Sèvres oder Alt-Wien, die ſie möglichſt
oft miteinander zu verwechſeln beliebte. Er erinnerte ſich —
damals hatte er Tabatièren geſammelt — daß eine junge Dame

Pfifferling. 3

mit viel Herz und wenig äußeren Vorzügen ihm solange von
einem ererbten derartigen Kleinod vorgeschwärmt hatte, bis er sich
entschloß, das Ding anzusehen. Dort ließ man ihn mit der
Jungfrau und der Tabatière allein. Um die verborgenen Reize
der Miniature zu entdecken, beugte sich das Mädchen möglichst
nahe seiner Wange über das Ding, und hinter dem Vorhang
rauschte das Seidenkleid der erwischensbereiten Mutter. Aber er
rettete sich beizeiten, hatte er doch in dem Gegenstand den
Ladenhüter eines Antiquars erkannt. Ein Jahr später fiel ein
Freund der Tabatière zum Opfer. Sammeln hat manchmal seine
gefährlichen Seiten.

Jetzt erwartete er die Schilderung eines angestammten
Brüdermannschen Porzellans.

Berchthold sah elegisch auf die Landschaft, deren Fernen sich
in blauem Nebel verloren, und sagte mit einem traurigen Blick
auf Helene: „Rom gleicht wirklich den Sirenen. Die zuletzt ge-
sehene soll man immer für die Schönste halten. Gestern dachte
ich, von der Villa Mattei mache sich die Stadt am besten, heute
halte ich den Aventin für den prächtigsten Punkt."

Karlchen sah sein Stichwort gekommen: „Sie sind ebenso,
Fräulein Brüdermann. So oft man Sie sieht, findet man Sie
schöner."

„Aber Herr Pfifferling!", rief mit komischer Würde Leutnant
Fritz und alles brach in ein ungeheueres Gelächter aus, nur
Helene stand wütend auf, nahm Wanda's Arm und ging mit ihr
auf die andere Seite der Veranda. Pfifferling blieb vereinsamt,
über die eigene Kühnheit errötend, am Tisch und verschluckte sich
mit Kaffee, den er in seiner Verlegenheit hinunterstürzen wollte.
Lenz trat zu ihm. Wäre er nicht mit Husten beschäftigt gewesen,
hätte er den spöttischen Zug bemerkt, der um Roberts schmalen
Mund zuckte und die dünne Oberlippe mit kleinen, vergnügten

Falten verfah. „Sie gehen fcharf ins Zeug. Das gefällt den Damen."

„Aber Fräulein Brüdermann fcheint es mir übelgenommen zu haben."

„Bah! ftellt fich fo." Ganz nahe am Ohr des Erftaunten fügte er hinzu: „Erobern laffen will fich das Mädchen. Aber Sie haben Ausficht, mehr als jeder andere. Verlaffen Sie fich auf mich. Jch kenne die Weiber."

. . . Helene ftand wütend auf —

Das bildete fich Lenz ein und war ftolz darauf. Er ging mit wiegenden Schritten und fröhlichem Ausdruck zu den Damen, die, über die Brüftung des Balkons gelehnt, auf die blühenden Mandelbäume und düfteren Cypreffen blickten. Erfreut drehte fich Helene dem Ankommenden zu. „Frau von Pakert hat mir zu-gefagt, nach dem Frankfurter Rennen zu uns zu kommen. Acht Tage aufs Land. Wir rechnen auch auf Sie. Papa würde fich ungeheuer freuen."

„Das glaube ich", dachte Robert und fah Wanda erftaunt an, deren hübfcher blonder Kopf mit dem Rofenhut fich reizend von der Seite des Sonnenfchirmes abhob. „Sie werden doch

3*

kein Spielverderber sein?", fuhr Helene fort. „Leutnant Berchthold kommt auch und Leutnant Fritz kann von Darmstadt herüber
reiten, so oft er will. Es wird sehr lustig."

„Nach dem Frankfurter Rennen?", besann sich Lenz und
machte ein ungeheuer wichtiges Gesicht. Er liebte es, den Nimbus

... Sie kommen doch auch, Herr Lenz?

des Vielbeschäftigten um sich zu verbreiten. „Ich glaube, daß
ich's machen kann", sagte er, um die Sache los zu werden, obwohl er sich vornahm, jedenfalls abzusagen. Helene beherrschte
mühsam ihre Freude über die vermeintliche Zusage und rief, ohne
an weiteres zu denken: „Herr Professor, Sie kommen auch."
Vor Meiersens Augen tanzte der Palatin mit den Thermen Caracalla's

und er ftammelte etwas von großem Glück und der Hoffnung, in ländlicher Stille die letzten Seiten feiner Urmauern Roms, fchreiben zu können. Das Letzte gelangte nur in die Ohren des Leutnant Fritz, der, das Quellenwerk für einen hiftorifchen Roman haltend, frug, „ob fie fich am Schluffe bekämen". Aus der geiftesabwefenden Antwort des Profeffors „Hoffentlich!" wußte er nichts Rechtes zu machen und dachte in feiner optimiftifchen Lebensauffaffung: „Gelehrte muß man nehmen, wie fie find." Dann ging er zu Pfifferling, der noch immer ein eigentümliches Bild bot. In Karlchens jungfräuliches Gemüt war durch die Worte des falfchen Freundes ein Strahl von Glück gefallen, wes-halb der Arme lächelte und den Kopf dazu fchüttelte, als ob er felbft die frohe Botfchaft nicht glauben wolle. „Ich will erobern", dachte er mit einem Auffchlag feiner fanftblauen Augen und ver-glich fich, da er hiftorifch gebildet war und auf dem Aventin ftand, mit den deutfchen Kaifern, die von hier aus um die ftolze Roma freiten. Dann ließ er diefes Bild der Konfequenz wegen fallen, denn die würdigen Herrn hatten im Mittelalter nichts anderes als einen Korb davongetragen. Er erfchrak fogar vor der ominöfen Bedeutung diefer Erinnerung und war, als Fritz zu ihm trat, von dem Bedürfnis befeelt, fich einem mitfühlenden Wefen anzuvertrauen.

Der Oberft fteckte fich unterdeffen eine Cigarre an und blies große Rauchwolken in die Luft im Bewußtfein eines Diplomaten, deffen Bemühungen mit Erfolg gekrönt find. Auf die Nachricht Pakerts: „Wir kommen im Sommer zu Ihnen, Herr Oberft" war ihm ein Stein vom Herzen gefallen. Er fah den Landaufenthalt mit feiner Gemütlichkeit gerettet und begann im Anfchluß an eine fchöne Kletterrofe, die fich an den grauen Mauern des Wartturmes emporrankte, ein Gefpräch über die unendlich vielen Rofenarten, die alle aus der einzigen Centifolie hervorgegangen. Berchthold

und Gretchen lauschten aus Höflichkeit, das junge Mädchen mit
steigender Besorgnis Pfifferling beobachtend, hinter dessen geheim-
nisvollem Flüstern mit dem Leutnant sie entschieden Unrat vermutete.

„Die Alten hatten recht, sich bei ihren Festen mit Rosen zu
schmücken", sagte behaglich Brüdermann, während Berchthold, mit
Sinn für oberflächlichen Humor ausgestattet, sich Karlchen als
antiken Götterknaben vorstellte. „Wie wäre ein solches Fest bei
Jhnen im Juni, Herr Oberst?"

„Meinem Töchterchen würde ich gern einen Kranz hellroter
La France ins Haar winden, aber Euch jungen Herrn!" Er
lachte aus vollem Hals. „Da sollen die armen Dinger lieber ver-
blühen."

Gretchen sah wie hypnotisiert auf Pfifferling, ihr Gesicht hatte
alles höflich zuhörende verloren, denn der junge Mann war im
Eifer, dem Leutnant zu lauschen, immer mehr auf die Kante seines
an sich wackeligen Stuhles geraten und hob jetzt, dem Munde
des Flüsternden näher zu kommen, drei Beine dieser Sitzgelegen-
heit in die Höhe. „Herr Pfifferling, fallen Sie nicht!", rief
Gretchen mitten ins Rosengespräch.

War nun ihr guter Rat einen Augenblick zu spät gekommen
oder seine Wirkung eine verfehlte, mit dröhnendem Gepolter sank
Karlchen zur Erde, sich am Tischtuch festhaltend, das sich wie ein
mitleidiges Leichentuch über den Armen breitete. Leutnant Fritz
entfloh durch einen gewandten Sprung dem umfallenden Fiasco,
dessen roter Inhalt von niemand gehindert einem friedlichen
Bächlein gleich auf Pfifferlings lichtgraue Gestalt strömte. Alles
lachte, kein Mensch machte Anstalt, etwas an der Sachlage zu
ändern, und auf Gretchens mehr zornige als teilnehmende Auf-
forderung, sich zu erheben, tönte es schauerlich von unten hervor:
„Jch kann nicht. Jch bin in das Tischtuch verwickelt."

„Herr Profeffor, Sie find Archäologe, fangen Sie die Aus-
grabung an", lachte Fritz. Unterdeffen war der Wein vollftändig
ausgelaufen und Lenz zog mit kühnem Ruck das Tuch unter dem
Unglücklichen hervor, fo daß er fich — betreten und ein wenig
aus der Nafe blutend — erheben konnte. Karlchen griff in
eine Tafche, in die andere, haftig wieder in die erfte, dann
in die zweite. Gretchen merkte, daß er kein Tafchentuch habe.
„Hier ift das Meinige", fagte fie leis und drückte ihm ein
irisduftendes, weiches Ding in die Hand. Obwohl er gerührt
war, hatte er doch ein grenzenlofes Bedürfnis nach Einfamkeit
und das Gefühl, als ob bei einem Unglücksfall die Herde
mitleidlofer Gaffer das Schrecklichfte fei. Er erinnerte fich,
während er feine Nafe abtupfte, einer Frau, die am Vormittag
auf dem Corfo ohnmächtig geworden war und nach dem Er-
wachen den Umftehenden freundlichft wünfchte, ihnen möge das
Gleiche gefchehen. Derfelbe chriftliche Wunfch ftieg in Karl
Pfifferling auf, fogar feiner Angebeteten, der er ein kleines
Mißgefchick gönnte, hatte fie doch nicht einmal gefragt, ob
er fich wehgethan habe. Einerfeits fah er ein Beifpiel weiblicher Hartherzigkeit vor fich, andererfeits in Gretchens Tafchentuch ein Zeichen mädchenhaften Zartgefühles. Worin der Unter-
fchied im Handeln beider begründet war, vermochte Karlchen
noch nicht zu erkennen. Seine lange Geftalt fank ermüdet
auf den nächften Stuhl, aber er fuhr erfchreckt in die Höhe
und fah fich um, in welche Näffe er fich gefetzt habe. Unter
furchtbarem Gelächter der ganzen Gefellfchaft erklärte ihm
Gretchen, welchen Weg der Rotwein aus dem Fiasco genommen
habe, und Brüdermann flüfterte beim Aufbruch feiner Tochter
ins Ohr:

„Vor dem bift Du ficher, mein Kind. Der paßt in keine
Offiziersfamilie."

Man verteilte sich in die verschiedenen Wagen, nur Karlchen ging beschämt den weiten Weg zu Fuß nach Haus.

„Was hast Du denn dem armen Jungen erzählt?“, frug unterwegs Berchthold den Kameraden.

„Ich hab' ihm Ratschläge für Liebende gegeben. Seit der reiche Lenz im Land ist, hat Helene keinen Blick und keinen Seufzer für uns. Es ist, als ob wir Luft wären.“

„So arg ist's nun gerade nicht“, meinte Berchthold etwas beleidigt und drehte mit Ueberzeugung seinen weichen, wohlgepflegten Schnurrbart. Er liebte nicht, an unangenehme Dinge erinnert zu werden und fragte nach einer kleinen Pause etwas ungeduldig: „Was soll Pfifferling damit zu thun haben?“

„Sehr viel. Er soll ihr die Cour so auffällig machen, daß sich Lenz zurückzieht, vor Furcht, durch diese Konkurrenz lächerlich zu werden.“ Fritz steckte sich eine Cigarrette an und blies mit einem schlaufrohen Gesicht den Rauch von sich. „Mir liegt daran, eine kleine Revanche zu nehmen, denn einen Leutnant darf man nicht ungestraft abfahren lassen.“

Die jungen Offiziere sind eitel wie die Damen, aber sie haben recht, denn in der Eitelkeit ist ein gut Teil des unüberwindlichen Siegesbewußtseins und des Pflichtgefühls eingewickelt. Wer nicht an seine guten Eigenschaften glaubt, hält nicht auf sich. Wer dieses versäumt, verliert seine besten Waffen, mögen sie Manneskraft oder Frauenanmut heißen.

Als man sich verabredeterweise zum Diner versammelte, sagte unbefangen der Leutnant: „Wie schade, daß Pfifferling nicht da ist.“

„Fehlt er Ihnen?“, rief ungeduldig Helene.

„Gewiß, er ist ein sehr netter Mensch. Man muß ihn nur näher kennen lernen.“

Gretchen machte bei dieser Gelegenheit ein Brotkügelchen, das in ihrer Freude schön rund und behaglich wurde, während

Helene eines mit nervöfen Fingern knetete, das länglich war und den Ausdruck unbewußten Mißmuts nicht verleugnen konnte. Es ging nicht alles nach Wunfch. Lenz wollte morgen einem plötzlich gefaßten Entfchluffe zufolge mit Pakerts zufammen abreifen. Und weit und breit kein altes Buch, keine Meißener Taffe, die ihn hätte zurückhalten können!

„n drangvoll fürchterlicher Enge" faß man und fuhr dem Norden entgegen. Heiße Sonne fchien durch die fchmutzigen Fenfter, bald dem Einen, bald dem Anderen auf die Nafe, den Windungen der Geleife entfprechend. Der Fenftervorhang fehlte, und man vermutete, daß irgend ein italienifcher Eifenbahnbeamter fein Kind hineingewickelt habe. Die Armen find fo gut gegen die Kinder.

Helene war in fürchterlicher Laune und wollte bei jeder Station etwas zu effen oder zu trinken. Brachte es der arme, abgehetzte Pfifferling, so fand sie es schlecht und machte ihm Vorwürfe. Weil er zu sehr Philosoph war, um zornig zu werden, wurde sie immer wütender, so daß der Ausdruck des schönen Mädchens grün und beinahe häßlich wurde, welchen Umstand man eher den Charaktereigenschaften als der langen Eisenbahnfahrt zuschreiben konnte. Gretchen litt Qualen der Angst, sobald Karlchen den Zug verließ, Orangen oder Kaffee zu holen. Sie fürchtete jedesmal, nur das fraglich aussehende Handgepäck des jungen Mannes als Trost für den Zurückgebliebenen zu behalten. Der Oberst saß ohne Murren hinter seiner Zeitung und blies in kurzen Zwischenräumen gewaltige Rauchwolken aus seiner Ecke hervor, die gerade nicht dazu beitrugen, den Aufenthalt im überfüllten Wagen angenehmer zu machen.

Statt ausschließlich in Gesellschaft von Bekannten zu reisen, wie es sich Helene ausgedacht hatte, saß man eng zusammen mit fremden Leuten, denn aus der Menge der Verehrer war Pfifferling allein übrig geblieben. Lenz, Pakerts und Berchthold fuhren über Wien. Die elegante Frau mußte dort für ihre Toilette sorgen, ihr Mann wollte vor seiner Heimkehr noch ein „anständiges" Rennen mitmachen und Berchthold schloß sich an, um einer Reise mit der übelgelaunten Helene zu entgehen. Frau von Pakert war viel zu sehr guter Kamerad, um störend auf die Behaglichkeit junger Herren einzuwirken. Wie wäre es ihr sonst möglich gewesen, einen verwöhnten Menschen von Roberts Art zu fesseln und — was mehr bedeuten will — sich Jahre lang zu erhalten. Helene war noch zu jung und unerfahren, um in diesem Punkte der Freundin ähnlich zu sein. Einem jungen Mädchen liegt die Statistik und die harte Sprache der Zahlen viel zu fern, als daß es, durch die numerische Ueberlegenheit seines Geschlechtes bestimmt, gleichmäßig liebenswürdig und zuvorkommend den Herrn gegenüber trete.

Eine verheiratete Dame, im stolzen Gefühl, Frau zu sein, und vom Wunsche beseelt, von Anderen umschwärmt zu werden, weiß sich selbst auf unscheinbare Art den kleinen Eigentümlichkeiten des Freundes unterzuordnen. Darin liegt das Geheimnis der Beliebtheit begründet. Wir alle sind voller Schwächen und „Faxen" — wie der gute süddeutsche Ausdruck besagt — und verlangen von unseren Mitmenschen, sie zu achten und zu ehren. Wir halten uns für berechtigt hierzu und sind es auch in gewissem Maße, wenn wir Philosophie genug haben, uns zu sagen: „Wer mich nicht nimmt, wie ich bin, soll mich laufen lassen." Lenz hatte sich solche Philosophie sehr rasch zu eigen gemacht und seine Millionen gaukelten ihm den Trugschluß vor, daß es sehr leicht sei, diesem Grundsatz zn folgen. Helene wollte ihn freilich gewinnen, las seinetwegen die langweiligsten Bücher, sprach von Dingen, die sie garnicht interessierten und gab sich die erdenklichste Mühe, recht zuvorkommend mit dem jungen Manne zu sein, aber sie war im Grunde genommen doch eine schlechte Schauspielerin. Der feine Menschenkenner merkte, daß sie das Buch über Keramik nicht gelesen hatte, um einem Freund eine Freude zu machen, sondern aus ganz bestimmten egoistischen Gründen.

Helene schloß die Augen und zog das Facit aus ihrem römischen Aufenthalt. Sie wollte sich klar machen, daß ihre Aussichten günstig seien, da Robert versprochen habe, nach dem Rautenhof zu kommen, und war daran, Pläne zu schmieden. Da setzte sich ihr eine große, dicke Coupéfliege auf die Nase und, als sie ärgerlich die Lider hob, schien eine recht heiße oberitalienische Sonne in ihr Gesicht.

„Ich finde diese Landschaft abscheulich", sagte Karlchen, um ein Gespräch anzufangen. „Die Natur sieht wie ein Schachbrett aus, ohne die geringste Abwechselung zu bieten."

„Jn Jtalien etwas abſcheulich zu finden!", jammerte ent-
ſetzt ein altes Fräulein an ſeiner Seite, die das halbe Leben
hindurch auf dieſe Reiſe geſpart hatte und nun grundſätzlich alles
— auch die jammervollen Eiſenbahnen — entzückend fand. Es
gebt nichts über den Jdealismus!

„Dieſe furchtbare Sonne!", ſtöhnte Helene. Jhr Arm drohte
einzuſchlafen, weil ſie in etwas ungeſchickter Stellung ein Buch
zum Schutze vor das Geſicht gehalten hatte.

„Wollen wir vielleicht wechſeln, gnädiges Fräulein?" Mit
einiger Umſtändlichkeit, wobei ſich Karlchen durch eine heftige
Erſchütterung des Zuges beinahe der alten, laut aufſchreienden
Dame auf den Schoß geſetzt hätte, ging der Platzwechſel vor ſich
und Helene kam unter das Handgepäck des jungen Mannes, dieſer
ſelbſt neben Gretchen zu ſitzen. Eine Engländerin, die ihr ſommer-
ſproſſiges Geſicht ohne jede Scheu den Sonnenſtrahlen ausſetzte,
bemerkte trocken zu ihrer Nachbarin: „Warum reiſen die Menſchen,
wenn ſie nichts aushalten können?" Sie kannte weder die
weibliche Schönheit, noch alle Gefahren, denen dieſe zarte Pflanze
ausgeſetzt iſt.

Auf Pfifferlings Geſicht brannte die Sonne, nur ſeine Augen
waren durch den breiten Rand des unmodernen Strohhuts ge-
ſchützt, der für Helene oftmals eine Zielſcheibe billigen Spottes
geweſen. Verboten ſah Karlchen aus, das mußte ſein beſter Freund
einräumen, und ſogar Gretchen, deren Blick den armen, ruhig in
der Sonne bratenden Jüngling liebevoll traf, nahm Anſtoß an
ſeinem rettungslos ſchlecht ſitzenden Anzug. Es war nichts
Kavaliermäßiges an ihm, und in der Welt, die auf Aeußerlichkeiten
den größten Wert legt, konnte die künftige Frau Pfifferling mit
ihrem Mann gewiß keinen Staat machen.

„Manches ließe ſich ja noch abgewöhnen", dachte Gretchen.
Sie war wohl die Einzige, die ſich in dem überheißen,

vollgestopften Coupé verhältnismäßig behaglich fühlte, denn sie genoß die Vorteile ihres genügsamen, friedlichen Charakters, und zimmerte auf dem Boden der Wirklichkeit an einem erreichbaren Plangebäude.

„Ich beneide Göthe, der im kleinen Wägelchen über die Landstraße rollte", seufzte Karlchen. „Es war doch eine menschenwürdige Art der Fortbewegung."

„Dann würde ich an Jhrer Stelle radfahren," mischte sich ein Herr ins Gespräch, der bisher unentwegt im Kursbuch gelesen hatte und nun diese Arbeit als ergebnislos aufgab. „Es verbindet alle Annehmlichkeiten der ehemaligen Reiseart, ohne langsam und teuer zu sein."

Helene schlug wieder die Augen auf. „Nur können muß man's. Jch möchte Herrn Pfifferling auf dem Rad sehen."

Karlchen hatte eine kluge Gegenrede im Geiste bereit und wollte erwähnen, daß beständiges Geradeaussehen die Freude an der Gegend verdürbe, daß man zu sehr von Straßen, Wind und Wetter abhängig sei, allein die rauhe Bemerkung Fräulein Brüdermanns entzog ihm das Wort, und er las auf den Mienen aller Mitreisenden, sogar im kupferroten Gesicht der alten Miß, die etwas deutsch zu verstehen schien, daß er wieder einmal zweifellos lächerlich wirke. Es war der altgewohnte Fluch, der auf ihm lastete. Doch heute that es ihm absonderlich weh, ausgelacht zu werden, denn er glaubte zu bemerken, daß noch jemand neben ihm darunter litt. Er wußte nur nicht warum. Man saß so nah und unbequem nebeneinander, daß ihm Gretchens leises Zusammenzucken beim Gelächter der Fremden, die Pfifferlings eigentümliche Erscheinung erst jetzt musterten, nicht entgehen konnte. Beide sahen sich zum erstenmal verstehend in die Augen und in Karlchens Brust keimte der Entschluß, wenn auch vorläufig unklar und verworren: „Mit mir muß es anders werden." Dabei sah er nicht

mehr mit melancholisch verlangendem, sondern mit ruhigem, feind-
lichen Blick Helene an, die sich gleichzeitig über den Ausdruck
des Gegenübersitzenden wunderte, den sie bisher ausschließlich für
komisch gehalten hatte.

Ein einziger Tropfen läßt das volle Glas überlaufen, eine
gedankenlos hingeworfene Bemerkung kann imstande sein, das
Schicksal des Menschen bleibend zu verändern. Ein Leben kann
interessant und wechselnd sein, ohne daß welterschütternde Er-
eignisse seinen Lauf beeinflussen, denn der Charakter wird durch
Kleinigkeiten gebildet, und unsere zart empfindende Seele fühlt
oft die Rute schmerzhafter als den Keulenschlag.

Der fremde Herr suchte wieder in seinem Kursbuch, Helene
ließ sich von ihrer Cousine die Schachtel mit Bonbons herüber-
reichen, das praktische Abschiedsgeschenk des Monsignore. Die
Blumen der anderen hatte man, als elend verkümmerte Reste, in
Florenz zum Fenster hinausgeworfen. Das hübsche Mädchen
tastete nervös im süßen Inhalt der Schachtel, Karlchen sah lange
und gedankenvoll auf die Uhr, hätte aber bei einer plötzlichen
Frage nach der Stunde die Zeit gewiß nicht angeben können,
und das alte Fräulein mit seiner endlich befriedigten Sehnsucht
nach Italien witterte eine Liebesgeschichte, die an der Unkenntnis
des Radfahrens zu scheitern schien. Sie sagte mit einer von
Wohlwollen und Güte triefenden Stimme: „Radfahren kann man
immer noch lernen. Mein Bruder hat mit vierundfünfzig
Jahren ...." In diesem Augenblick nahm der Herr, des Kurs-
buches überdrüssig, seine Reisetasche herunter, holte sich einen
Roman aus derselben und warf das Gepäckstück mit kräftiger
Behendigkeit auf seinen alten Platz neben Pfifferlings Tasche, in
der sich bei dieser unsanften Berührung ein leises Klirren
vernehmen ließ. Aber niemand gab darauf acht, denn die
alte Dame erzählte noch immer von ihrem Bruder, der mit

vierundfünfzig Jahren das Radfahren gelernt habe, und alle Anderen waren von ihren Gedanken vollauf in Anspruch genommen.

Neben dem monotonen Gerassel der Eisenbahn klang der liebevolle Diskant der alten Dame wie eine begleitende Oberstimme, und bleiern legte sich ein unwiderstehliches Schlafgefühl auf die Coupé-Insassen. Dem Oberst war längst die Zeitung aus der Hand gefallen und er schlummerte, von seinen Rosen im grünenden Rautenhof träumend. Dabei sah er garnicht poetisch aus, seine weit vorspringende Weste war mit Cigarrenasche bedeckt und der Kopf leise schnarchend auf die Brust gesunken.

Gerade gaukelte vor den Augen des Schlummernden eine Verwandlung seines Gartens nach römischem Muster, und er sah, wie eine tiefdunkle Rose im alten Lindenbaum hinaufkletterte, als

„Helene, wie siehst denn Du aus?"

ein markerschütternder Schrei die beschauliche Stille des Coupés unterbrach. Er riß, ein Eisenbahnunglück witternd, die Augen auf und wollte bereits, als höherer Offizier ans Befehlen gewöhnt, den Mitreisenden anordnen, die Beine in die Höhe zu ziehen, als ein Blick auf seine Tochter ihn zu plötzlichem Lachen und dem Ausruf zwang: „Helene, wie siehst denn Du aus!"

Von oben aber aus Pfifferlings Reisetasche sickerten langsam große, schwarze Tropfen, deren einer mitten auf Helenens Nase gefallen war. Alles lachte. Karlchen fuhr erschrocken in dem

Glauben empor, er fei gemeint und fühlte bei dem Anblick des
wütenden Mädchens, welches einer Göttin des Zornes gleich
mitten im Coupé ſtand, daß ein fremder Tintenklexs lange nicht
fo tragiſch als ein eigener fei.

Er nahm, eine ungehört verhallende Entſchuldigung ſtammelnd,
fein Täſchchen herunter, um den Schaden ſo gut als möglich aus-
zubeſſern, während Helene und Gretchen durch ein kleines Thürchen
verſchwanden, um mit einer Flüſſigkeit, die von der Eiſenbahn-
Verwaltung optimiſtiſch Waſchwaſſer genannt wird, den ſchwarzen
Flecken von dem weißen, lieblichen Näschen zu entfernen. Alles
ſprach durcheinander und machte Karlchen über die leichtſinnige
Verpackung Vorwürfe, namentlich der Herr, deſſen heftiges Hinauf-
werfen feiner Reiſetaſche das ganze Unglück verſchuldet hatte.
Die alte Dame ſah im Geiſt ein für immer vernichtetes Liebes-
glück, beſann fich auf eine ähnliche Geſchichte mit gutem Ausgang
aus ihrem Leben, fühlte aber doch — ſich der eigenen Jugend
erinnernd — daß verletzte Eitelkeit eine unheilbare Wunde
hinterlaſſe. Die Engländerin warf einen neugierigen Blick in
Pfifferlings Reiſetaſche, ſah eine Menge ſehr wenig eleganter
Sachen und wendete fich wieder gleichmütig der Ausſicht zu.
Man näherte fich der alten Etſch-Feſtung Verona, deren ſonnen-
durchglühtes Panorama ſelbſt nach dem Beſuche Italiens im
verwöhnten Auge des Reiſenden Freude erweckt. Brüdermann,
der außerhalb des militäriſchen Lebens von jeher gutmütig war,
tröſtete Karlchen mit der Bemerkung, das Unglück habe nichts
auf fich, da der Tropfen weder auf Hut noch Kleid, ſondern
fehr glücklich gefallen fei und öffnete das Fenſter, um die bos-
hafte Tintenflaſche hinauszuwerfen. Karlchen hatte fie ebenſo
wie die bezahlten Lichter des Hotels eingepackt, auf den Rat
feiner Mutter — einer praktiſchen Frau — ja nichts umkommen
zu laſſen.

Gerettet, aber sichtlich empört erschien Helene und setzte sich, Karlchen und seine Reisetasche nicht beachtend, auf ihren ehemaligen Platz. Die alte Dame, deren Ansicht war, daß unter allen Umständen das Sprechen dem Schweigen vorzuziehen sei, versicherte, das Fräulein sähe wieder einem frischgepflückten Pfirsich ähnlich und rief die Mitreisenden zu Zeugen an. Herr Pfifferling aber fühlte das Bedürfnis, etwas Taktvolles zu sagen, räusperte sich und sprach: „Bei kleinen Unglücksfällen ist der Augenblick, in dem man sich komisch fühlt, der schlimmste. Die Folgen sind meistens verschwindend und lassen sich ohne weiteres ertragen."

Die alte Dame zitterte bei diesen Worten aus Mitgefühl, Gretchen rüstete mit innerer Freude das Handgepäck des Aussteigens wegen, und Helene, den Gedanken mühsam hinunterwürgend, sie — die schöne, unwiderstehliche Helene — sei einen Augenblick lächerlich gewesen, und er — der unbedeutende, komische Pfifferling — wage ihr diese Ansicht ins Gesicht zu schleudern, zwang sich zum Lächeln und zischte mit der verbindlichsten Miene: „Das müssen Sie ja wissen, Herr Pfifferling."

Der Zug fuhr in den abscheulichen Bahnhof von Verona, die Thüren wurden aufgerissen, und alles eilte unter Drängen, Schreien und Stoßen den Wartesälen zu. Mit dem freundlichsten Ausdruck der Welt schlängelte sich der „Herr mit dem Kursbuch" an Helene und begann, neben ihr gehend, von dem glücklich verlaufenen Tintenereignis zu sprechen. Seine verbindliche Art gefiel ihr so gut, daß sie in der Hoffnung, in ihm einen Courmacher aus der ersten Gesellschaft zu angeln, mit Liebenswürdigkeit antwortete. Brüdermann ging mit Gretchen hinter ihnen und hörte an der Thüre des Wartesaals die flötende Stimme seiner Tochter: „Es würde mich freuen, Jhnen wieder einmal zu begegnen, die Erde ist ja so klein." — „Nichts leichter als das, gnädiges Fräulein. Sollte das nächste Mal statt Jhres schönen Näschens die Toilette Schaden leiden, so wenden Sie sich getrost an mich: Räuschlein und Compagnie, Frankfurt am Main, Chemische Färberei und Waschanstalt."

Helene sah ihn mit starren Augen an, nickte leicht mit dem Kopf und ging an Gretchens Seite um eine Enttäuschung reicher in den unfreundlichen Raum. Brüdermann nahm lächelnd mi

herablassender Würde die Karte des eleganten Mannes und belehrte darauf mit seinen mangelhaften Sprachkenntnissen den beladenen Dienstmann, das Gepäck in den Wartesaal zu den Damen zu bringen. Er hatte gerade eine frische Cigarre angesteckt und wollte seine Tochter aufsuchen, als Pfifferling mit rotem Kopf und fliegendem Paletot auf ihn zustürzte: „Meine Reisetasche ist fort!"

Es war dies ein Fall, der fich in befagtem Bahnhof öfters ereignete, und die Dienstmänner, denen die Angelegenheit verdolmetfcht wurde, zuckten die Achfeln und fuhren mit dem Zeigefinger vor dem Gefich auf und ab, was ihr Unvermögen bedeuten follte, fich an der Suche zu beteiligen.

Unterdeffen näherte fich jammernd und Rat verlangend die alte Dame der Gruppe und erzählte, daß ihr das Gleiche zugeftoßen fei, und Gretchen drängte fich mit den Worten aus der Wartefaalthür: „Herr Pfifferling, was haben Sie gemacht, bei unferen Sachen ift eine falfche Tafche!" Hoffnungstrunken ftürzte das redfelige Fräulein auf ihr verloren geglaubtes Gut: „Alles hätte ich ohne Widerrede den lieben Jtalienern gelaffen, fie beftehlen uns fo höflich und liebenswürdig, aber meinem römifchen Tagebuch hätte ich ewig nachgeweint!"

„Aber meine Tafche, meine Tafche!," jammerte Karlchen. — „Die wird im Zug geblieben fein," meinte die Alte. „Jch ftieg als letzte aus dem Wagen und fah fie noch ftehen." — „Da muß fich der Herr eilen, wenn er das Gepäck holen will," ließ fich die Stimme eines hinzugetretenen Dolmetfchers der Cook-Gefellfchaft vernehmen, „der Zug wird gleich nach Mailand weiter fahren." Karlchen wollte fich — ohne nach rechts und links zu fehen — über die Schienen ftürzen, als er, von zwei kräftigen Männern feftgehalten, fehen mußte, wie der

.. von zwei kräftigen Männern feftgehalten ..

Zug mit feinem geliebten Gepäck den Bahnhof verließ. Vor ihm fuhr der Nord-Süd-Expreß in die Halle, dem zuliebe man Karlchen verhindert hatte, die Geleise zu überfchreiten. Mit Hilfe des freundlichen Mannes der Reife-Gefellfchaft wurden die nötigen Schritte gethan, das Eigentum wieder zu erlangen, und nachdem Pfifferling eine genaue Jnhaltsangabe gemacht und fchüchtern hinzugefügt hatte: „teilweife mit Tinte befchmutzt", lächelte der Beamte und meinte, der Herr könne ruhig fein, nach diefen Sachen trüge niemand Verlangen.

Gleichmäßig heiter — wie gewöhnlich — trat der junge Mann wieder zu feiner Reifegefellfchaft, die eben daran war, fich im Schlafwagen nach München häuslich einzurichten. Pfifferling war mit dem Oberften in einer Abteilung zufammen, während die jungen Damen das benachbarte Coupé innehatten. Karlchen hatte Hunger, denn der Gepäckangelegenheit wegen war keine Zeit, etwas zu effen, und er genoß nun mit großem Appetit und dankbar verklärten Augen das belegte Brötchen, welches ihm Gretchen mitgebracht hatte. So fchlecht und altbacken es war, für ihn hatte der Gedanke, daß ein anderer Menfch liebe- voll feiner gedacht, etwas Wohlthuendes, das fich angenehm auf die Gefchmacksnerven übertrug.

Wir leben alle mehr in der Einbildung, als wir glauben, und drei Viertel unferer Gefühle find erdichtet. Aber was fchadet es? Für den Träumenden ift der Traum wahr, und andere Menfchen berühren die Empfindungen unferer Seele nicht. Für Karlchen war dies Brötchen gut, und da es fonft niemand zu effen brauchte, war es gut an fich, wenn fich auch der Verkäufer die Hände rieb und über die dummen „Forestieri" lachte. Am Ende feiner Reife fühlte Karlchen ein eigentümliches Behagen in feinem Jnnern, etwas, das ihm Feftigkeit gab, dem Gelächter der Menfchen zu trotzen, und das ihm vor'm Einfchlafen ein blond= umrahmtes Köpfchen zeigte, das Gretchen hieß und das er fo gern auf den Mund geküßt hätte, wenn es paſſend geweſen wäre. Aber ſeine Mama hatte ihm geſagt, als er noch ſehr jung war und das Stubenmädchen küſſen wollte, ſo etwas gehöre ſich nicht. Und daran glaubte er noch heute.

Als Helene nach glücklich überſtandener Zollreviſion in Ala behaglich ihre Decke über ſich zog und ihren ſchöngeformten Arm in hübſcher Bewegung unter die Fülle der braunen Locken legte, ſagte ſie ſich aufatmend: „Das alſo war Italien!“, und eine ungeordnete Menge von Vorſtellungen drang kaleidoſkopartig auf ſie ein. Bilder und Statuen, Kirchen und Gärten beſchäftigten ohne beſtimmten Eindruck ihre Erinnerung, auf deren buntem Hintergrund ſich nur drei Geſtalten deutlich abhoben: Lenz, Berchthold und — Pfifferling. Merkwürdig, wie philoſophiſch er ſich heute nach dem Verluſt ſeiner Reiſetaſche benommen hatte! Sie dachte an die furchtbare Scene, die Berchthold einmal aufführte, als ihm in einem Reſtaurant ſein Hut verwechſelt wurde, und an die unliebenswürdige Schweigſamkeit ihres reichen Ideals, nachdem ein Engländer einen alten Schmöker ihm vor der Naſe wegkaufte. Aber Frau Pfifferling? „Was nützt mir die ſchönſte Seele, wenn ſie Pfifferling heißt und der beſte Charakter, wenn er ſchlecht angezogen iſt!“

Beinahe bedauernd legte ſie ſich auf die andere Seite und ſchlief ein.

5. Kapitel.

Im Rautenhof waren alle Fenfter geöffnet, die Sonne fchien warm in die ausgekälteten Gemächer und ein gewaltiger Zug fegte die letzten Refte eingefchloffener Winterluft aus dem fteinernen Haus. Die Herrfchaft wurde von ihrer italienifchen Reife zurückerwartet. Als Oberft Brüdermann unter den knofpenden Kaftanien der kleinen Freitreppe zufchritt, auf welcher in unmalerifcher Gruppe die Dienerfchaft aufgebaut war, und das Schild mit „Willkommen!" über der Hausthür erblickte, als ob er ftatt einer zweimonatlichen Reife eine Weltumfegelung gemacht hätte, fühlte er ein inniges Behagen feinen Körper durchriefeln und er drückte mit befonderer Leutfeligkeit der alten Haushälterin die Hand: „Gott fei Dank, endlich wieder zu Haus!"

Seine Tochter schien weniger erfreut und Gretchen bemerkte einen Zug von Unzufriedenheit, der sich deutlich über dem kleinen Mund der Freundin ausprägte. Der Rautenhof kam Helene plötzlich klein, spießbürgerlich, über alle Maßen einfach vor. Die vier Kastanienbäume, die den Weg von der Einfahrt bis zum Hause beschatteten — der Stolz ihres Vaters und der Neid der Nachbarvillen — erschienen ihr so wenig im Vergleich mit dem, was sie in letzter Zeit gesehen. An Stelle der schmucklosen Hausflur, deren gelbgestrichene Wände ihr bisher kaum aufgefallen waren, wünschte sie eine Halle nach englischem Muster. Und der hochaufgeschossene Bediente mit seiner schlotternden Livree, seinem Schnurrbart und seinem aufmunternden Reden stand in grellem Gegensatz zu allem, was sie unter herrschaftlich zu verstehen glaubte. Welches feine spöttische Lächeln wird über das blasse Gesicht von Robert Lenz gleiten, wenn er all' diese Herrlichkeiten sieht, wie wird er mit Frau von Pakert zusammen tuscheln? War es nicht leichtsinnig, ihn einzuladen? Am liebsten hätte das schöne Mädchen geweint, als es allein in seinem frischen, lichten, überaus behaglichen Zimmer saß und leise vor sich hin murmelte: „Was nützt alle Behaglichkeit, wenn sie nicht glänzt!"

Es ist ein Prüfstein für den Charakter junger Leute, ob sie — aus der Fremde zurückgekehrt — die neuen und prächtigen Eindrücke der Oberfläche, die sie gesehen, als Erweiterung ihres Horizontes in sich aufnehmen, oder ob sie neiderfüllt an ihrem gediegenen Eigentum herumpolieren, ihm eine ebenso strahlende Außenseite zu geben. Helene mußte allerdings, ein greifbares Ziel vor Augen, das Netz, in dem der Goldfisch gefangen werden sollte, so schön wie möglich gestalten, und in der nervösen Aufregung ihres unsicheren Zustandes konnte sie sich leicht mit allem unzufrieden fühlen, das sie umgab.

Mädchen sind wie Blumen, sie entfalten sich prächtig und schmücken die Erde, finden sie die Lebensbedingungen, die ihrer Entwicklung günstig sind, aber sie verkümmern, sind sie in einen Boden verpflanzt, der ihnen nicht zusagt. Die hochgewachsene Tochter des Rautenhofes verlangte Glanz und bewegtes Leben. Wer kann es ihr verargen, daß sie Himmel und Hölle in Bewegung setzen will, in Person des jungen Lenz alles zu erhalten, dessen sie begehrte? Sie sah aus dem Fenster in den herrlichen Frühlingstag und sah, wie die Sonne auf den rosa Blüten der Obstbäume spielte, wie das junge Grün der Getreidefelder weit, weit hinaus das fruchtbare Land bedeckte und wie unten im Garten ihr Vater von Rose zu Rose schritt und mit Kennermiene ein treibendes Auge nach dem andern besichtigte. Der Gärtner ging hinter ihm her und zeigte mit Stolz, dass jedes der Stämmchen glücklich überwintert habe. Vom Erdgeschoss drang der Küchenlärm bis zu Helene und ein leiser Geruch von ausgezeichneten Dingen, die dort vorbereitet wurden. Sie bemerkte nicht, daß mit Eifer ihre Lieblingsspeisen gekocht wurden, und schloß ärgerlich das Fenster. Wie anders war Rom, wie anders das Leben in der Fremde!

Aus den gewohnten Umgebungen herausgewachsen fühlte sie sich frei dem Unermeßlich Schönen und Neuen gegenüber.

Helene raffte sich auf und ging — gestählt von dem Gedanken, ihr Ziel erreichen zu wollen — ans Werk, aus dem veralteten Rautenhof ein modernes „Home“ voll jener Dinge einer falschen Gemütlichkeit zu machen, die das Auge blenden und trotz geschmackvoller Anordnung mit ihrer Umgebung in Widerspruch stehen. Aber der Wille wirkte Wunder und nach vierzehn Tagen war Eingang und Treppenhaus mit Teppichen belegt und bequemen Möbeln gefüllt, die Dienerschaft trotz Brummen und Sträuben auf einen Seiteneingang und die Hintertreppe ver-

bannt, welcher Befehl die Köchin dem Bedienten gegenüber zu
dem prophetischen Wort: „Hochmut kommt vor dem Fall" ver-
anlaßt hatte, und der Mittelsaal sah mit seinen angestammten
Möbeln aus der Empirezeit, dem großen Flügel und den vielen
blühenden Gewächsen sehr vornehm — wie Helene sagte „schloß-
artig" aus. Der Vater ließ die Tochter gewähren, bewilligte
seinen alten Leuten heimlich des Friedens wegen eine Lohnzulage
für diesen Sommer und floh, wenn durch den unaufhaltsamen
Strom arbeitender Handwerksleute das Haus ungemütlich wurde,
in seinen Garten, wo er in der üppig gedeihenden Blumenwelt
auf und ab gehend an eine gewisse verwitwete Dame dachte, die
vor einigen zwanzig Jahren ihm als die schönste Frühlingsblume
erschienen war. Er lächelte selig und das Bild einer schlanken
Gestalt in duftige Sachen gehüllt denen ganz ähnlich, die wieder
von den Damen getragen
wurden, stieg vor ihm auf,
während er den Zweig
einer altmodischen Herz-
blume in die Höhe band
und nicht merkte, daß ein junger Mann den
sandbestreuten Weg auf ihn zu kam, der
erste Gast dieser Sommercampagne: Karlchen
Pfifferling.

Am Fenster stand Gretchen mit auf-
gekrämpelten Aermeln und reinigte eine
Porzellanfigur unbekannter Abstammung,
die Helene in einem Schrank entdeckt hatte
und jetzt in das für Robert Lenz bereite
Zimmer stellen wollte. Das muntere Gretchen
sah mit Behagen die etwas vornübergebeugte

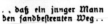

. . daß ein junger Mann
den sandbestreuten Weg . .

Gestalt des jungen Mannes, dem man meilenweit anfah, daß er nicht beim Militär gewefen, den Gartenweg hinuntergehen und wandte fich ein wenig fchadenfroh zu Helene, die höchftfelbft auf der Erde kauernd einem perfifchen Teppich das gewünfchte achtlos hingeworfene Ausfehen geben wollte: „Die Familie Pfifferling muß angekommen fein. Karlchen macht eben feierlichen Antritts-

. . Karlchen macht eben feierlichen Antrittsbefuch. . .

befuch." — „Am Sonntag kommt Berchtold und Pakerts haben fich auf nächfte Woche angefagt", antwortete Helene auffpringend. „Jetzt liegt er richtig." Sie fah wunderfchön aus mit den von der Arbeit geröteten Wangen und ftrich fich eine vorgefallene Locke aus der Stirn, als ihr Vater von Pfifferling gefolgt das Zimmer betrat. „Ein Telegramm, mein Kind. Lenz kommt mit Pakerts." — „Zeig!" Sie überflog das bleiftiftgefchriebene Formular, als ob es die Schrift des Erfehnten wäre, reichte Karlchen um einen Grad freundlicher als fonft die Hand und bemerkte, daß der leicht gebräunte Teint ihm beffer ftände als die winterliche Bläffe. „Sind Ihre Eltern allein in der Villa Rofa", fragte Brüdermann ein wenig beklommen und hätte infolge der Antwort: „Geftern hat Frau Mertens den erften Stock bezogen, eine Coufine meiner Mutter, geborene von Degenhardt", beinahe fein ängftlich behütetes Jugendgeheimnis aus lauter Freude über diefe Ankunft preisgegeben, wenn nicht durch Pferdegetrappel unter den vier Kaſtanien die allgemeine Aufmerkſamkeit von ihm abgelenkt worden wäre.

Leutnant Fritz hielt in ſchmucker Dragoneruniform auf einem leichten, luſtig ausſehenden Fuchs vor der Thüre, ein Bild männlichen deutſchen Frühlings. In bürgerlichem Kleid zu Rom hatte er lange nicht den vorteilhaften Eindruck gemacht und als ſeine geſchmeidige Geſtalt behende vom Pferd ſprang, die Damen zu begrüßen, die neugierig in der Hausthür erſchienen, dachte Brüdermann für ſich: „Wenn ich ein Mädchen wäre!“, freute ſich aber gleichzeitig der Klugheit ſeiner Tochter, die hauptſächlich „den inneren Wert“ zu ſchätzen wiſſe — wie er die Millionen des jungen Lenz bezeichnend nannte. Der Leutnant übergab ſein Pferd dem draußen harrenden Burſchen und ſagte mit einem ſpöttiſchen Seitenblick auf Pfifferling zu Helene: „Ich dachte der erſte Frühlingsgaſt im Rautenhof zu ſein, nun iſt mir der unzertrennliche Freund zuvorgekommen.“ — „Er kam fünf Minuten vor Ihnen“, war die Antwort, deren Tonfall leichte Gereiztheit verriet. Karlchen, der ſich in Gegenwart von Pferden immer ein wenig geniert vorkam, trat jetzt zutraulich näher und erkundigte ſich bei dem Leutnant zum allgemeinen Erſtaunen nach dem Zuſtand der Straße. Helene traute ihren Ohren kaum und Gretchen war unendlich ſtolz, als ſie erfuhr, daß Pfifferling unterdeſſen Radfahren gelernt habe. „Jetzt fahren Sie direkt in das Herz Ihrer Angebeteten“, lachte Fritz, worauf Karlchen ſich nach Gretchen umſah, die liebevoll ſein zerſchundenes Ohr betrachtete, im Bewußtſein, daß er ſich für ſie der gymnaſtiſchen Gefahr ausgeſetzt habe. Helene aber im ſtolzen Glauben, die Einzigbegehrte zu ſein dachte: „Der arme Junge! Das hat er umſonſt gelernt“ und ſchlug für die nächſte Woche nach Ankunft der Gäſte einen Ausflug in den Odenwald vor. Sie war ſeit der telegraphiſchen Botſchaft merkwürdig ſiegestrunken, denn uneingeſtandenerweiſe hatte fie während der ganzen Zeit an dem Kommen Roberts gezweifelt. Vergnügt fetzte fich die kleine Gefellfchaft an den reichbefetzten Tifch und plante für die nächften Wochen mit einem gewaltigen Ernft, als ob es fich um die Vorbereitungen eines Kongreffes handle.

Eigentümlich war, daß Brüdermann, der Befuche auf das gründlichfte verabfcheute, darauf drang, möglichft bald zu Pfifferlings zu gehen, welchen Plan Helene zu durchkreuzen ftrebte, um den jungen Mann nicht unnötigerweife zu ermuntern, weil eine zu ausgefprochene Concurrenz Robert Lenz möglicherweife beleidigen oder abftoßen könne. Als Gegenfpiel — um nicht zu fagen als markierter Feind — follte nur Berchthold und nötigenfalls Leutnant Fritz verwendet werden. Aber der Vater war wider Erwarten energifch und ging am folgenden Tage bereits mit feiner Tochter über den lieblichen Wiefenweg nach der einfam gelegenen Villa Rofa. Helene fah in ihrem weißen Kleid mit einem Strauß Frühlingsblumen im Gürtel wie eine Märchenerfcheinung im grünen Grafe aus und Mutter Pfifferling, die — neben Frau Mertens auf der Veranda fitzend — beide Brüdermanns kommen fah, nickte beifällig mit dem ergrauenden Haupt und flüfterte geheimnisvoll ihrer Freundin zu: „Das giebt etwas für Karlchen, liebe Adelgunde." Diefe fchien das Mädchen garnicht zu bemerken fondern hielt — unruhig auf ihrem Luftkiffen hin und her rückend — die Lorgnette krampfhaft an die Augen und antwortete: „Er fieht noch fehr ftattlich aus, mein Freund Brüdermann, als ob er noch die Uniform trüge!" Dann feufzte fie und roch an ihrem englifchen Riechfalz.

„Kennft Du ihn denn?"

„Freilich. Wer hätte gedacht, daß er fchon eine fo große Tochter hat, wenn wir uns wiederfehn", fetzte fie melancholifch hinzu, während Frau Pfifferling die Coufine argwöhnifch betrachtete,

mit der sie erst seit wenigen Jahren in freundschaftlichen Beziehungen stand. Zu Lebzeiten des seligen Mertens, dessen großes
Vermögen die Witwe geerbt hatte, war Tante Adelgunde selten
von Frankfurt fortgekommen, denn der alte Herr liebte seine
Bequemlichkeit und haßte vor Allem jede Ortsveränderung für
sich und die Seinigen. Als Sonderling hatte er seine besondere
Ansicht über die verschiedensten Vorkommnisse im menschlichen

„Das giebt etwas für Karlchen, liebe Adelgunde."

Leben und manche dieser Auffassungen war durch Zeit und Gewohnheit auf die Gattin übergegangen. Herr Pfifferling, dessen
Haupttugend Vorsicht war, sagte von der Familie beständig: „Man
kann nie wissen, was geschieht. Den sogenannten Originalen muß
man aus dem Wege gehen."

Seit dem Tode des alten Mertens wurde die Sache anders,
man hatte von Tante Adelgunde als Erbtante sozusagen Besitz

ergriffen und beobachtete ihr Thun und Laffen mit forgfamer
Aengftlichkeit. Jhr Plan, in Jngenheim den Sommer zu ver-
bringen, hatte Begeifterung erregt, aber niemand ahnte den Grund,
niemand wußte, daß zwifchen Riechfläfchchen, Erbauungsbüchern
und Luftkiffen fich ein neuer Frühling zu regen begann.

Elaftifch — viel fchneller als die bewegliche kleine Frau
Pfifferling — erhob fich Tante Adelgunde und fah, den Kopf fo
weit es der ftark gewordene Hals erlaubte, nach vorwärts ge-
ftreckt, mit klopfendem Herzen den Eintretenden entgegen, auch
Herr Brüdermann war bewegt und in den Augen beider, die fich
vor fünfundzwanzig Jahren geliebt hatten und mit ergrauenden
Haaren zum erften Male wiederfahen, fchimmerte ein feuchter Glanz.
Niemand achtete darauf, denn Frau Pfifferling fprach wie eine
klappernde Mühle in Helene hinein, die hinter ihrem Vater ftehend,
einige Male nach Luft fchnappend, vergeblich ans Wort zu kommen
trachtete.

Ueber Gemütsbewegungen hinaus zu kommen, helfen uns
am beften die regelmäßigen Anforderungen des Körpers, weil fie
daran erinnern, daß wir nicht ganz Seele find. Der Bann diefes
gefühlvollen Augenblickes wurde plötzlich durch die Stimme Karlchens
gebrochen, der — die Anwefenheit der Gäfte nicht ahnend — die
Thür des Salons aufriß, und hineinrief: „Mama, ich hab' Hunger!"
Frau Pfifferling fah — in ihrer Verlegenheit plötzlich verftummt —
auf Tante Adelgunde, die ein vergebendes Lächeln um die Lippen, das
erregte kleine Weibchen aufforderte, den Thee zu beftellen, während
der Sünder erfchrocken näher trat. „Pardon, ich wußte nicht!" —

„Wir werden Sie doch nicht abhalten, Hunger zu haben,
Herr Pfifferling," lachte Helene, froh durch fein Dazwifchentreten
vom Wortfchwall der Mutter erlöft zu fein.

Das Gefpräch wurde allgemein, Herr Brüdermann begann
von feiner Reife zn erzählen, deren Bericht Helene und Karlchen

mit wenigen zuſtimmenden Worten ergänzten. Die Tante fand
unterdeſſen Zeit, den alten Verehrer genau und unauffällig zu
muſtern, wobei ſie mit Wohlgefallen die kräftige Haltung und den
friſchen männlichen Ausdruck feſtſtellte, aber mit Bedauern bemerkte, daß in der Gegend des Magens die alte Schlankheit verloren ſei. Helene gefiel ihr nicht, ſie fand Brüdermanns Tochter
vorlaut und ſchlecht erzogen, hatte ſie doch bei der Vorſtellung
zuerſt geſprochen und keinen Knicks gemacht. Jetzt ſuchte ſie
vergeblich irgend einen körperlichen Fehler zu entdecken.

Brüdermann ſah während ſeiner Erzählung Adelgundes dick-
gewordene Hand ringgeſchmückt auf dem Tiſchchen liegen, er fand,
daß ſie gar nicht mehr den ſchönen ſchlanken Fingern gliche, die
er beim Abſchied inbrünſtig an die Lippen gedrückt. Man muß
zuſammen alt werden, um nicht hartherzig gegen die Veränderungen
der Zeit zu fühlen. In den Strichen ſeiner Jugendgeliebten hatte
Brüdermann den Schmelz der Vergangenheit wiedergefunden, in
ihr ſelbſt ſuchte er vergeblich die Geſtalt ſeiner Träume aufzu-
erwecken. Er war froh, als durch den Eintritt Vater Pfifferlings
ſeine Erzählung unterbrochen wurde und er verſtand es nun, ſich
und Adelgunde ein wenig von den andern zu trennen um in ihren
Worten das zu finden, was er in ihrem Aeußern vermißte.

Während ſich Helene außerordentlich ungemütlich vorkam und
eingeklemmt zwiſchen die Familie Pfifferling ihre ſonſtige Sicher-
heit zu verlieren begann, flüſterte Tante Adelgunde immer wärmer
und flötender in die Ohren des andächtig Lauſchenden von allem,
was ſie unter dem ſeligen Mertens erduldet und wie ſie den
Heiligen dafür danke, daß endlich ein treuer Freund auf ihrem
Lebensweg erſchienen ſei. Sie hätte in ihrem Eifer beinahe geſagt, wie dankbar ſie für den Tod des Seligen ſei. Allein dieſer
Gedanke erſchien ihr im richtigen Augenblick ſündhaft, wenn ſie
auch als wahrhaft fromme Frau den Aufenthalt des Herrn Mertens

im Paradiele beneidenswert finden mußte. Sie lehnte sich sinnend in ihren Lehnstuhl zurück, sah schmachtend auf Herrn Brüdermann und tastete vorsichtig mit der linken nach ihrem würdigen Haupt, ob alle Löckchen noch am richtigen Platze säßen. Denn Tante Adelgunde trug eine gelockte Perücke, die bei heftigen Gemüts-bewegungen aus dem Gleichgewicht zu kommen beliebte. Brüdermann hörte aus ihren Worten das, was er wollte, denn unser Ohr ist leichter getäuscht als unser Auge; verweht doch der Schall in flüchtiger Secunde, während die Wahrnehmung des Ge-sichtes bleibende Eindrücke hinterläßt. Aus den Reden der Witwe klang Glücksbedürfnis und Hoffnung, derentwegen er das Doppel-kinn für die liebliche Form des Wohlbehagens und die leichte Röte der Nase für einen Ausdruck der Verlegenheit beim ersten Wieder-sehen halten konnte.

Nur als Frau Mertens ihres Beichtvaters erwähnte, und die lange Trennung von diesem ehrwürdigen Herrn während der Sommerfrische bedauerte, stutzte Herr Brüdermann, beruhigte sich aber schnell, indem er dieses Bedürfnis der Einsamkeit entsprossen glaubte und scherzte: „Darüber muß ich Sie zu trösten wissen, gnädige Frau. Legen Sie die Geheimnisse in meine verschwiegene Brust. Dort sollen sie gut aufgehoben sein."

„An diesem Mann muß ich doch manches ändern!", dachte Adelgunde und sagte mit energischem Gefühl aber schelmischem Ton: „Alles ist doch nicht für ihre Ohren, lieber Freund."

„Aber das Beste. Lassen Sie mich hoffen, daß wir manch-mal in diesem Sommer unsere innersten Gedanken austauschen können . . ."

„Papa, verzeih', wenn ich störe, wir erwarten Gäste zu Haus."

Alles erhob sich auf diesen unsanften Zwischenruf Helenens, die von den Eltern Pfifferling auf das Furchtbarste ausgefragt wütend und gelangweilt diesen Besuch endigte.

„Entsetzliche Person," dachte Tante Adelgunde, als sie ihr zum Abschied die Fingerspitzen bot, und wandte sich, nachdem die Herren und Helene die Veranda verlassen, zu ihrer Cousine: „Ein lieber Mensch, dieser Brüdermann."

„Und Helene! — Was sagst Du zu Helene. Eine schönere Frau findet unser Karlchen nicht. Und reich sind Brüdermanns," die runden Augen der besorgten Mutter leuchteten, erweiterten sich aber in beängstigender Weise auf die spitze Bemerkung der Tante: „Er hat sich aber sehr wenig um das Mädchen gekümmert. Ich habe gesehen, daß er die ganze Zeit einen Daumen um den andern gedreht hat. Das thut er immer, wenn er nicht bei der Sache ist."

Auch Helene war es aufgefallen, daß Karlchen außer der Frage, wann er wieder in den Rautenhof kommen könne, den Eltern das Wort gelassen habe und sie sagte, sich nach einer dunkelblauen Wiesenakelei bückend, zu ihrem Vater: „Hoffentlich kommen Pfifferlings nicht, so lange die Andern bei uns sind. Sie sind einfach tötlich."

„Aber Frau Mertens muß Dir doch gefallen haben, sie ist vornehm und sehr unterhaltend."

„Die alte Dame auf ihrem Luftkissen! — Ich habe sie nur komisch gefunden."

Das that Brüdermann einen Stich ins Herz und beide wanderten von nun an schweigend nach Hause.

er Rautenhof war ganz voller Menschen und im Rosengarten, dessen Stämmchen und Büsche voll duftender Blumen prangten, vom dunkelsten Purpur bis zum blassesten Gelb, bewegte sich die fröhliche Schaar von Gästen um Helene, die, einen Kranz im Haar, lieblich aussah wie eine Blumenkönigin. Es war ein Junitag, wie uns die geizige Natur deren wenige giebt, ein nächtliches Gewitter hatte Blätter und Halme, Wiese und Wald mit frischem Regen blank gescheuert und in den Rosen des Herrn Brüdermann glänzte der Tau, so daß sie in seliger Erinnerung des nächtlichen Liebeskusses die Häupter neigten. Man erging sich auf den gut gehaltenen Wegen und Helene in einem zartgrünen luftigen Gewand, dessen glänzender Stoff selbst wie ein betautes Blütenblatt wirkte, schnitt die schönsten Blumen von den Stämmchen, um sie den Gästen zu überreichen.

„Behalten Sie diese Stellung einen Augenblick," rief enthusiastisch Baron Berchthold und brachte seinen Apparat in die richtige Lage, das liebliche Bild aufzunehmen. Alles umgab neugierig den Photographen, Frau von Packert ordnete rasch der Knieenden eine Falte des grünen Gewandes. „Ein Vorwurf für Burnstones", meinte Lenz, der mit seiner Konversation seit kurzer Zeit gern im Kunstgebiet wilderte und hielt kennermäßig die Hand vor Augen. „Jetzt," avertierte der Baron und hinter Helene tauchte in einem weißen Flanellanzug die Gestalt Pfifferlings auf, der auf dem Gartenweg, durch das Bosquet versteckt, eben angekommen. „Alle beide sind auf der Platte," freute sich der Rittmeister und Helene rief, jede Pflicht der Gastfreundschaft vergessend: „Wo kommen denn Sie her?"

Aber harmlos erstaunt, unter tollem Gelächter der Anwesenden, sagte der weißgekleidete Jüngling: „Durch den Garten."

„Sehen Sie in der Dunkelkammer nach, vielleicht machen wir's noch einmal," bat das schöne Mädchen und gab Frau von Packert eine halb erblühte La France. „Die Farbe ihres Kleides, liebste Freundin," während Berchthold und der Rittmeister einem kleinen ehemaligen Stall zuschritten, der jetzt zu photographischen Zwecken eingerichtet war.

„Wenn Herr Pfifferling wirklich auf dem Bilde ist, müssen Sie sich auch mit mir aufnehmen lassen, sonst bin ich beleidigt," scherzte Leutnant Fritz, der als praktischer Offizier das Rennen um Helene als vergeblich aufgegeben hatte und in den Hofstaat Frau von Packerts eingetreten war.

„Sehr gern," lächelte die Angeredete und reichte ihm ein Moosröschen fürs Knopfloch. „Sie sagen mir nichts, Herr Lenz," setzte sie mit schwärmerischem Augenaufschlag hinzu und übersah den bezeichnenden Blick, den Frau Wanda dem jungen Manne zuwarf. Er lächelte verbindlich und meinte, es würde ein schönes

Andenken für jeden der Teilnehmer an diese reizenden Tagen sein, als Herr Brüdermann mit dem Archäologie-Professor, der ein dickes Packet unter dem Arme trug, vom Hause herkam. „Ob das sein Reisegepäck ist,“ flüsterte Lenz boshaft in Wandas Ohren, während sich die Anderen begrüßten.

Aber Frau Wanda nahm seinen Arm und führte ihn unter die Linde: „Ich muß Sie ins Gebet nehmen, lieber Freund. Sie müssen vorsichtiger werden, das arme Mädchen bildet sich alles Mögliche ein.“

„Ich bin vorsichtig genug. Sie können doch nicht wünschen, daß ich unhöflich werde.“

„Nein, aber Sie hätten die Einladung nicht annehmen sollen. Wenn man sich derartig bei Vielenburgs engagiert hat, wie Sie sich der Gräfin gegenüber ...“

„Ich gehe ja von hier nach Schloß Karlshorst und denke, daß meine Verlobung von dort aus declariert wird.“

„Was wollten Sie aber hier, um Gotteswillen. — Meinetwegen kamen Sie gewiß nicht.“ Sie zerzupfte nervös ein Lindenblatt. „Habe ich Ihnen doch in Wien bereits meinen Segen zu Ihren Plänen gegeben.“

„Und Berchthold ins Schlepptau genommen. Ich weiß. Was mich hierherführte“ — er spielte etwas verlegen mit seinen Fingern: „eine Zeitungsannonce.“

„Eine Annonce?!“

„Sie wissen, daß ich fünf sehr seltene Art Wiener Tassen besitze. Die sechste war Eigentum eines alten Frankfurter Fräuleins. In Wien lese ich die Todesanzeige der würdigen Dame, ich eile nach Frankfurt, die Hinterlassenschaft war bereits verkauft. Ich forschte der Tasse nach, ich erfahre, daß eine Freundin der Verstorbenen, eine gewisse Frau Mertens sie erhalten und mit an die Bergstraße genommen habe. In diesem Augenblick telegraphierte ich meine Zusage hierher und suche Frau Mertens.“

„Sie find ein schrecklicher Mensch!", seufzte Wanda und rief Helene, deren Blicke spähend über die Rosen schweiften. „Hier ist es schattig und kühl, wir könnten ein Spiel unter der Linde beginnen."

Die Angerufene kam langsamen Schrittes den sonnigen Weg heran, sie schien ihren Augen nicht zu trauen, als sie Wanda allein mit Lenz unter dem Baum bemerkte, dessen reich blühende Äste ein schützendes, tiefgewölbtes Dach bildeten. Es hatte bisher den Eindruck gemacht, als ob Frau von Pakert auf Lenz verzichtet habe. Sollte sich Helene geirrt haben, sollte sie kämpfen müssen?

„Ich wußte nicht, daß Sie Professor Meiersen eingeladen haben."

„Er hat mir sein Buch gebracht, nun will er einige Tage bleiben, er hat sich in Jngenheim eingemietet." Als ob sie sich von einer schweren Last befreite, fiel das 1000 Seiten starke Ungetüm, das den Titel trug „Die Urmauern Roms" auf den Gartentisch.

„Werden Sie's lesen?", erkundigte sich Lenz.

„Werden Sie mich so schlecht unterhalten, daß ich zu den Ausgrabungen des Professors meine Zuflucht nehmen muß?"

„Da steht eine Widmung — darf ich lesen?", unterbrach Frau Wanda und zog — in einem bequemen Gartenstuhl sitzend — das Buch auf ihren Schoß. „Zur Erinnerung an die unvergeßlichen Stunden in Rom". „Aber Helene."

„Ich wußte garnicht, daß Sie so viel zusammen waren, gnädiges Fräulein," scherzte Lenz. „War das in der Peterskirche oder auf dem Aventin?"

„Ein Gelehrter hält manches für unvergeßlich," erwiderte sie ärgerlich, setzte aber mit der ganzen Lässigkeit, deren sie fähig war hinzu: „Sie wollen mich necken, Herr Lenz!"

„Was sich liebt, neckt sich," rief in seiner urwüchsigen Frische der Leutnant ins Gespräch, der nur die letzten Worte gehört hatte und gefolgt von Berchthold, Pfifferling und dem Profeſſor unter die Linde trat. „Wir müſſen das Bild noch einmal machen. Herr Pfifferling beugt ſich auf dem Bilde herab, als ob er Sie küſſen wollte."

„Es muß mich ein Blätterzweig gekitzelt haben. Anders kann ich mir's nicht erklären."

„Geben Sie mir die Platte," ſagte Helene herriſch zu Berchthold. „Jede Erklärung iſt wohl an ſich überflüſſig."

„Was denken Sie, ein ſo ausgezeichneter Witz wird ſelten photographiert."

„Warum Witz, das hätte jedem paſſieren können." Gretchens Ankunft, die bis jetzt im Hauſe zu thun hatte, mußte Pfifferling zu dieſer Antwort begeiſtert haben, er geriet ſelbſt in Verlegen-heit, denn niemand antwortete, bis Lenz, der ungeheuer viel Hitze vertragen konnte, frug, ob man nicht Tennis ſpielen wolle.

„Sehr gern," erwiderte Helene, dem Leutnant hatte ſie es zehn Minuten vorher abgeſchlagen. Sie ging mit Lenz an der Spitze des kleinen Zuges, der ſich an das Ende des Gartens begab, wo Vater Brüdermann und der Gärtner ein großes Stück beſten Landes mit ſchwerem Herzen dieſem Zwecke geopfert hatten. Frau Pakert und Berchthold wollten zuſehen, der Rittmeiſter und Fritz hatten ſich bereit erklärt, mitzuſpielen. Profeſſor Meierſen ſaß mit Brüdermann vor dem Haus, ſchlürfte mit Kennermiene ein Glas edlen Weines und ſprach allerhand Wichtiges von ſeiner Heidelberger Profeſſur, dem Erfolg ſeines Buches, von dem bereits zehn Exemplare wirklich verkauft waren, was in Deutſchland immerhin etwas ſagen will — und derartiges mehr. Mit dem ſicheren Inſtinkt eines Vaters ahnte Brüdermann den Zweck des Geſprächs und ſuchte den Profeſſor von ſeinem Ziele möglichſt fernzuhalten. Er wollte ihn, wie der Bäcker ſagt, im Ofen laſſen. Denn ein wirklicher Profeſſor iſt beſſer als ein Millionär im Mond.

Unterdeſſen waren unter der Linde Carl Pfifferling und
Gretchen von Zingen allein zurückgeblieben. Er ſaß auf der Bank,
den Rücken an den Baumſtamm gelehnt, ſog mit Behagen den
Duft der Blüte in ſeine Naſe und ſah mit Entzücken das blonde
Köpfchen unter dem Blätterdach, in deſſen lockigem Haar ein freier
Sonnenſtrahl ſpielte und es in eitel Gold zu verwandeln ſchien.
Da nahm er die Brille von der Naſe, putzte ſie, um beſſer ſehen
zu können und ſeufzte. Gretchen, die Arme auf den Tiſch ver-
ſchränkt, ſeufzte auch, räuſperte ſich und begann: „Herr Pfifferling, wollen Sie mir einen Gefallen thun?"

„Gewiß, wenn ich kann." Als echter Sohn ſeines vorſichtigen
Vaters vergaß er nie dieſe Beſchränkung hinzuzufügen.

„Dann ziehen Sie den weißen Anzug nicht mehr an; er
ſteht Ihnen nicht."

Ein ſeliges Lächeln verklärte Karlchens Züge. „Sie wollen
daß ich nur Sachen anziehe, die mir ſtehen, Fräulein Gretchen?"

„Aus Schönheitsgefühl," lachte das hübſche Mädchen, bog die
Lindenzweige auseinander und verſchwand in der Richtung des
Gemüſegartens. Pfifferling aber ſetzte die Brille auf die Naſe,
pflückte ein Maßliebchen und ſtand ſtill, die Blättchen der Blume
zum Orakel abreißend, wie ein großes Stück Kreide im grünen
Gras, als Helene mit glühenden Wangen und dem Gefühle, ſehr
heiß auszuſehen mit den Andern vom Tennisplatz zurückkam.

„Die Folgen der Photographie!", rief der Rittmeiſter und
Lenz beeilte ſich hinzuzufügen: „Auf die Eroberung können Sie
ſtolz ſein, Fräulein Helene."

Dieſe ſchäumte innerlich vor Wut, denn ſie ſah ſich unrettbar
in die Lächerlichkeit Pfifferlings verflochten, der ſeine Verlegenheit
gewaltſam herunterſchluckte und ſich mit der weiſen Bemerkung
zu den Andern wandte: „Ich dachte mir gleich, daß es zu heiß
zum Spielen würde."

„Für uns nicht," meinte Lenz, „aber Fräulein Brüdermann fürchtete für ihren Teint."

„Den undankbaren Männern zu lieb verwenden wir alle Sorgfalt für uns," setzte Frau von Packert mit einem freundlichen Blick für den Baron hinzu, der in komischer Verzweiflung den Angriff mit den Worten zurückschlug:

„Undankbar? Sie wissen gar nicht, wie dankbar wir sein können?"

Helene sah ihn vorwurfsvoll an. Was wußte der Abtrünnige von Dankbarkeit und sie fragte unvermittelt Robert Lenz, ob er die Absicht habe, den ganzen Vormittag in der Sonne stehen zu bleiben. Sie war wirklich schlechter Laune, sodaß die leichthingeworfene Antwort, er stände allen Wünschen der schönen Wirtin zur Verfügung, keinen Eindruck auf ihr verstimmtes Gemüt machte.

Mit schnell angezogenem Livreerock, dessen schreiend gelber Kragen nach innen statt nach außen geraten war, kam der Diener vom Hause, in der Hand einen Porzellanteller, um Hans Lenz ein Telegramm zu präsentieren. Ein verweisender Blick traf Johann von Seiten Helene's, daß er wieder einmal vergessen habe, **das**

silberne Plättchen zu nehmen, während Robert um Erlaubnis frug,
den blauen Umschlag zu öffnen. Er las, sein Ausdruck schien
befriedigt und Frau von Packert, die ihre Neugierde nicht zähmen
konnte, machte ein geschicktes Manöver mit ihm — durch Pfifferlings
weiße Gestalt von der andern getrennt — ein vertrauliches Wort
zu plaudern.

„Von Veltenberg?"

„Ja. Sie erwarten mich bereits Sonntag." Helene ebenfalls
begierig, etwas zu erfahren, schlängelte sich heran und hörte gerade
noch die letzten Worte: „Ich muß mich beeilen, den Zweck meines
hiesigen Aufenthalts zu erfüllen." — Ihr Herz klopfte zum Zer-
springen. Er hatte einen Zweck; von seinen eigenen Lippen hatte
sie diese Kunde. Nur sie allein konnte darunter verstanden sein.
Ein junges Mädchen bezieht gerne alle Handlungen der Männer-
welt auf sich und denkt, daß sich das Leben der jungen Herren
um denselben Angelpunkt drehe, wie das eigene, um Liebes-
geflüster und Heiratsgedanken. Die Arme — die sich mit einer
altwiener Tasse verwechselte — war plötzlich wie umgewandelt
und erinnerte den Leutnant Fritz an das bekannte italienische
Sprichwort: Donna e mobile. Mit unendlicher Fröhlichkeit versammelte sie ihre Gäste, denen sich auch Gretchen zugesellte, unter
der Linde und man begann bis zur Ankunft von Pfifferlings Eltern
und Tante Adelgundes, die zu Tisch geladen waren, sich mit einem
Reimspiel zu unterhalten. Karlchen — in Mondscheinnächten und
auf einsamen Spaziergängen als lyrischer Dichter thätig, wobei er
neulich Gretchen auf Rädchen gereimt hatte — gefiel sich in den
gewagtesten Reimen, und Lenz, sonst ein Feind jeder Art von
Kinderspielen, übte sich nicht ungern, denn er ahnte, daß ihm im
gräflichen Hause Veltenberg ein gleiches bevorstehe und er dort
den Liebenswürdigen spielen müsse. In der standesherrlichen
Familie wollte er eben etwas erreichen, das trotz seiner Millionen
nicht ganz leicht war. Aber gerade das reizte ihn.

Viel zu früh in Anbetracht des heiteren Spiels erschienen die Andern, Tante Adelgunde in festlicher Tracht mit einem Hut auf dem Kopf, der von bunter Geschmacklosigkeit triefte, aber furchtbar viel gekostet haben mußte, Frau Pfifferling beweglich knisternd in schwarzer Seide, mit besonderer Herzlichkeit ihre liebe Helene begrüßend, hinter beiden Damen, klein, dünn, verlegen mit dem Hut in der Hand, Herr Pfifferling senior, der ängstlich den blauen Himmel betrachtete und allen Leuten versicherte, „es sei heute zu schön, es müsse regnen." Noch einige Bewohner der nächstgelegenen Villen stellten sich ein, der pensionierte General, der in den beiden letzten Reichstagswahlen durchgefallen war und stets eine einzige Feldzugsgeschichte erzählte — er war als Tisch-Nachbar für Tante Adelgunde ausersehen — und seine Frau, deren einziges Glück es war, Excellenz angeredet zu werden und von Dienstboten zu sprechen. Auf die junge Gesellschaft warfen all diese Würdenträger einen gewissen erkältenden Hauch und niemand konnte begreifen, warum Lenz bei den Worten Helene's: „Darf ich Sie Frau Mertens vorstellen?" mit fast unanständiger Eile auf die alte Dame zustürzte und ganz gegen seine sonstige Gewohnheit entgegenkommend äußerte: „Ich habe mich unendlich darauf gefreut, ihre Bekanntschaft zu machen."

„Es muß die Hitze sein," lachte der Leutnant, „der Hut der alten Dame giebt Schatten," zu Frau Pakert gewandt, die allein den wahren Grund der Freude wußte, aber als gute Freundin stillschwieg.

Helene und Brüdermann beobachteten mißbilligend das lebhafte Gespräch und waren froh, als Johann jetzt mit gutsitzendem gelben Kragen näher trat, um die Herrschaften zu Tisch zu bitten.

Die Tafel prangte im frischesten Rosenschmuck und aller Glanz des Hauses Brüdermann war entfaltet. Der Hausherr zwischen Frau von Pakert und Frau Mertens zeigte den liebenswürdigen, aufmerkfamen Wirt, Helene ihm gegenüber, von Lenz und Berchthold umgeben, ftrahlte in jugendlicher Frifche und fprach mit fprudelnder Lebhaftigkeit bald vertraulich zu einem der Nachbarn gewendet, bald die ganze Tafelrunde zu vergnügtem Lachen hinreißend.

Ein Frühlingstag für Menfchen und Blumen! Duftende Rofen, feuriger Wein, junge Herzen und alte Herzen mit jungen Gefühlen waren im ftillen altmodifchen Rautenhof vereint. Nur Vater Pfifferling hörte bereits leifes Donnern und feine beffere, fchwarz-feidene Hälfte wunderte fich, daß Helene fo weit von Karlchen fitze, diefer fah ab und zu feine blonde Nachbarin an und aß mit doppelter Kraft, denn die Liebe hatte auf feine reine Seele beruhigend gewirkt und feinen Appetit zu einem wahrhaft ge-fegneten entwickelt. „Ob er auch glücklich wird?" dachte Frau Pfifferling und hob den Champagnerkelch, ihrem Sohn verftohlen zunickend. Unterdeffen erzählte der General feine einzige Ge-fchichte. Da alle die Pointe kannten, fuchte Jedermann feinem Nachbarn etwas Gleichgültiges zu fagen und Helene frug mit leifer Klage Robert Lenz, ob es wahr fei, daß er übermorgen abreifen müffe. Aber er hörte die Stimme feiner Nachbarin nicht, denn er hatte fich ein wenig vornübergebeugt — mit dem Ausdruck eines Jägers auf dem Anftand — und Tante Adelgunde mit der Frage überrumpelt: „Sie lieben altes Porzellan, gnädige Frau?" Obwohl mit Originalität vertraut, mufterte die Tante den jungen Mann mit äußerftem Erftaunen und erwiderte leichthin: „Neues ift mir jedenfalls lieber."

Lenz atmete auf und beantwortete den mit größerem Nach-druck wiederholten Satz Helene's: „Leider fchon morgen, obwohl es wunderfchön bei Jhnen ift. Aber ich habe noch eine wichtige Aufgabe auszuführen. Durch Jhre Liebenswürdigkeit ift fie mir bedeutend erleichtert." Der Gedanke an die Alt-Wiener Taffe legte etwas Seelenvolles in feinen Blick, fo daß Helene, die vor

Freude keinen Ton fprechen konnte, ihr Glas leife an das feine
anklingen ließ. Endlich hatte fie fich gefaßt und hauchte: „Auf
die Erfüllung Jhrer Wünfche."

Verftohlen drückte der Oberft unter dem Tifch die Hand
Adelgunde's und fah vergnügt zu feiner Tochter hinüber, deren
Pläne dem Anfchein nach von Erfolg gekrönt fchienen, während
das Ehepaar Pfifferling in dem vertraulichen Anftoßen eine Gefahr
witterte.

„Hier endlich habe ich ein Haus gefunden,
aufgerichtet wie die Mauern Roms".

Jn diefem Augenblick tönte hell und klar die Schneide eines
Meffers ans Glas und Profeffor Meierfen, der bisher, ftill vor
fich hin brütend, gefchwiegen hatte, erhob fich, eine Rede zu
halten: „Als ich vor einigen Jahren zum erften Male nach Rom
kam und auf dem Palatin den Ueberreft der Mauern erblickte,
durch die das Rom der Könige gefchützt war," begann der gelehrte Mann und alles war des hiftorifchen Anfangs wegen mit
gewaltigem Schrecken erfüllt, „die man fälfchlich die Mauern des
Romulus nennt," fuhr er fort, „wie gefagt, als ich fie das erfte
Mal fah, dachte ich mir: „Aus folchen Quadern möchteft Du das
Glück Deines Haufes auferbauen. So feft, fo gediegen erfcheinen

uns, deren Häuser schnell in leichtem Fachwerk entstehen, die alten Blöcke. Hier endlich habe ich ein Haus gefunden, aufgerichtet wie die Mauern Roms, sicher und stark, das ein Palladium behütet, wie jene Stadt ihr heiliges Götterbild. Verargen Sie es mir nicht, wenn ich aus der Welt des gelehrten Streites in diesen ländlichen Frieden hineingeschneit, mein Glas erhebe und auf das Palladium dieses Hauses trinke." Er neigte sich, sein Glas erhebend, gegen Helene und in ihrer Freude über die Kürze der Rede stimmten die Uebrigen vielleicht jubelnder als sonst in das, diese tiefgefühlten Worte abschließende „Hoch!"

Von einem Archäologie-Professor mit einem tausendseitigen Band hatte man Schlimmeres erwartet. Im Eßzimmer wurde die Luft schwül und heiß; der Gedanke, den Kaffee im Freien einzunehmen, fand allgemeinen Beifall. Man ging zwanglos ohne sich zu führen, durch Brüdermanns Schreibzimmer, dessen Glasthüren sich auf die Veranda öffneten. Frau Pakert umfaßte unterwegs Helene's Taille: „Wundervoll haben Sie alles gemacht, liebes Kind, bei Vestenbergs kann Lenz nichts Besseres finden."

„Bei Vestenbergs?"

„So wissen Sie denn nichts. Er soll sich mit Gräfin Elly verloben."

„Unmöglich!" Helene wurde es schwarz vor den Augen, sie faßte sich mühsam.

Ein Windstoß fuhr durch die geöffnete Glasthür und wehte in tollem Wirbel Rosenblätter und Kastanienlaub ins Zimmer.

„Ein Gewitter!", schrie Tante Adelgunde und bekreuzigte sich ängstlich; Herr Pfifferling aber hielt vorsichtig die ausgestreckte Hand ins Freie und sagte: „Ich habe recht gehabt, es regnet schon."

7. Kapitel.

Man hatte lich, vor dem Gewitter fliehend, in dem zum „Hall" umgeltalteten Hausplatz niedergelalten. Mit einer Geiltesgegenwart, deren lie lich lelblt nicht für fähig gehalten, lprach Helene äußerlich lebhaft und unbefangen, innerlich von dem Gedanken getrieben: „Er kann nicht lo fallch lein, ich muß noch heute Gewißheit erlangen." Sie haßte Wanda, deren lautes Lachen lie verletzte, lie haßte Berchthold, der herzlos und leichtlinnig in das Garn der lchönen Frau gegangen und unzertrennlich von ihr mit demlelben Lächeln dielelben Schmeicheleien lagte, die vor wenigen Wochen ihr lelblt gegolten, und lie lah lehnlüchtig nach dem lchmalen Gelicht Roberts, der auf ein kleines Stühlchen gekauert in Tante Adelgunde hineinlprach, als ob beide in einem fürchterlichen Klatlch verwickelt wären. „Ob lie Beziehungen zu Veltenbergs hat?", änltigte lich Helene und trat zu dem eigentümlichen Paar. Frau Mertens rutlchte unruhig auf ihrem unbequemen

Seffel neueſten Stiles hin und her und blickte manchmal mit er-
boſter Beſorgnis nach rückwärts. Als Helene ankam und Lenz
in der Schilderung ſeiner Odyſſee nach der ſechſten Altwiener Taſſe
eine atemſchöpfende Pauſe machte, faßte Frau Mertens die Geſamt-
gefühle ihrer inneren Angſt in die Worte: „Hier zieht es fürchterlich
und kalte Füße bekommt man auch. Jch habe übrigens in meinem
ganzen Leben noch in keinem Hausplatz geſeſſen.“

Lenz tief erſchrocken, daß die alte Dame ſich vor Abſchluß
des Geſchäftes erkälten könne, beeilte ſich, ihr beizupflichten:
„Jch auch nicht. Eine merkwürdige Jdee, uns auf Steinplatten
zu ſetzen.“ Er zog ſeine mit zierlichen Lackſchuhen verſehenen
Füße fröſtelnd in die Höhe und erweckte dadurch in Tante
Adelgundes Herzen tiefen Neid, da ihre eigene Körperbeſchaffen-
heit eine derartige Flucht vor dem kalten Boden ausſchloß. Jn
Helene kochte es. Seinetwegen hatte ſie ſelbſt auf der Leiter
geſtanden und die Stoffe in geſchmackvollen Falten angenagelt
und jetzt fürchtete er Rheumatismus oder eine dicke Backe.

Draußen goß es in Strömen und von der Hausthür her
ſchlängelte ſich ein kleines Bächlein vorwitzigen Regenwaſſers.
Der Blick des gequälten Mädchens fiel gerade auf dieſen feind-
lichen Eingriff der Natur, ſie ſah, wie Karlchens große Füße den
Gebirgsſtock bildeten, an dem ſich das Waſſer brach und von wo
aus es in zwei Armen weitereilte. Der junge Mann blieb ruhig
ſitzen, ſprach mit Gretchen über die vermutliche Dauer des Ge-
witters und erzählte, daß er die Gewalt des Donners bereits in
mehreren Sonetten verewigt habe. „Ein edler Menſch!“ dachte
Helene. Um ihre Mundwinkel zuckte es ſchmerzlich, als ſie fand,
wie lächerlich er jetzt wieder mit den regenumſpülten Zugſtiefeln,
den hinaufgerutſchten Hoſen und dem langen Hals im viel zu
kurzen Kragen ausſehe; daß man mit ſolchem Menſchen doch
niemals eine Hochzeitsreiſe machen könne, war zu ſchade.

„Das Waller vertreibt uns, Helene!" rief Brüdermann. „Ich glaube, im erlten Stock ilt's gemütlicher."

Erfreut, den feuchtkalten Raum verlallen zu können, eilte alles die Treppe hinauf, um im großen Salon Gretchens meilterhaftem Spiel auf dem Flügel zu laulchen.

„Es ilt eine Erinnerung an meine liebe, lelige Freundin," hörte man die Stimme der Tante zwilchen den Tönen der Lohengrin-Ouverture, „ach, ich trinke täglich meinen Kaffee daraus und Ami bekommt die Untertalle voll Milch." Lenz zitterte. In welchen Gefahren befand lich die Altwiener Talle. „Von dielem Gegenltand will ich mich nicht mehr trennen. Es ilt die einzige Erinnerung an die vielen traulichen Nachmittage, die ich mit meiner Freundin verplauderte," fuhr Adelgunde fort und beendete das Thema mit den energilchen Worten: „Jetzt müllen wir aber der Mufik laulchen." Dann wendete lie lich von dem jungen Mann ab, nahm ihre Lorgnette vor die Augen und ltudierte Brüdermanns Mienen, der neben dem Klavier verklärt und lelig einzulchlummern lchien. Im Herzen des Sammlers aber brodelte ein Hexenlabbath lchwarzer Pläne, die lich, als Gretchen das Ortrudmotiv anlchlug, bis zu Diebltahl- und Raubmord-Gedanken lteigerten. Robert vermochte nicht die Belitzerin des erltrebten Schatzes anzublicken und zog lich unbemerkt in ein Nebenzimmer zurück. Troltlos geltimmt fand ihn Helene in dem kleinen Raum, den lie mit Pflanzen, einem niedrigen Divan und tief herabfallenden Portieren zu einem reizenden Boudoir für intime Gelpräche umgeltaltet hatte. Eine der Thüren führte in den Salon, die andere in das Fremdenzimmer, welches augenblicklich Frau von Pakert bewohnte. Bis zum Fenlter rankte lich eine Kletterrole, deren Blüten ins Zimmer nickten und deren reiches Blätterwerk ein liebliches Halbdunkel verbreitete.

Lenz laß auf dem Divan, er blätterte mechanilch in der Gelchichte des Porzellans, die, um ihre Studien zu beweilen, von

Helene aufgeschlagen auf das niedrige Tischchen gelegt war. Ge-
fesselt starrte er in das Buch und zwischen den Zeilen erschien
ihm immer wieder das häßliche Mopsgesicht Amis, seine Milch
aus dem kostbaren Geräte leckend. Die Wut des Porzellanlieb-
habers und der Haß des geschmackvollen Menschen vereinten sich
auf Tante Adelgunde, als Helene eintrat und ihn mit süßer
Stimme in seinen Träumereien unterbrach. „Ein interessantes Buch,
Herr Lenz. Ihrer Anregung verdanke ich die belehrende Lektüre."

„Sammeln Sie niemals. Es ist der beste Rat, den ich Ihnen
geben kann. Man erlebt zu große Enttäuschungen." Er klappte
das Werk nervös zu.

Helene fühlte dunkel, daß ein enttäuschter Millionär kein angenehmer Gesellschafter sei. „Sie haben sich über etwas geärgert.
Die kleine Falte zwischen den Augen verrät es. Bin ich schuld?" Sie
setzte sich auf den Divan und kreuzte ihre Hände über den Knien.

„Gewiß nicht. Es ist besser, wir sprechen nicht darüber."
Robert näherte sich, unmerklich nach rückwärts gehend, der Thür.

„Vertrauen erleichtert", begann sie von neuem. „Erzählen
Sie mir, was Ihnen zugestoßen ist. Es thäte mir zu leid, Sie
den letzten Abend im Rautenhof traurig zu sehen." Alles, was
sie an Gefühl besaß, lag in den Worten „den letzten Abend", und
sie sah ihn mit ihren seelenvollen Augen so zärtlich an, daß jedem
Anderen der Wunsch gekommen wäre, dies schöne Mädchen in
dem einsamen, schon leise dämmernden Zimmer ans Herz zu
drücken. Aber Robert hatte zu wenig Temperament, um derartigen Auftritten zu unterliegen, er dachte nur daran, die Unterhaltung möglichst schnell abzubrechen. „Sie verstehen mich doch
nicht, gnädiges Fräulein."

„Warum suchen Sie Einsamkeit, Herr Lenz? Wir sind nicht
mehr lange zusammen. Es ist recht häßlich von Ihnen, sich uns
entziehen zu wollen."

„Ich wäre vielleicht unliebenswürdig geworden. Ich hasse jemand von den Leuten da drinnen." Mit einer wegwerfenden Handbewegung zeigte er nach dem Salon und lehnte sich resigniert an den Thürpfosten.

„Sie hassen!" Helene ließ ihre verschränkten Hände los und fühlte ein angenehmes Rieseln durch ihren Körper. Blitzschnell glitten die Erlebnisse des heutigen Tages an ihr vorüber. Auf wen konnte er eifersüchtig sein? auf Pfifferling? — lächerlich; auf den Professor? — Vielleicht hatte Lenz selbst die Tischrede halten wollen. Meiersen hatte auch zu taktlos gesprochen. „Auch mir wäre es lieber gewesen," sagte sie beruhigt, „wir hätten Ihren Abschied unter uns feiern können. Aber was kann man auf dem Lande gegen plötzliche Gäste machen?"

„Das ist gut, diese sogenannte Tante Adelgunde einen plötz- lichen Gast zu nennen," entfuhr es ihm. „Sagen Sie das Ihrem Vater nicht. Der Herr Oberst scheint außerordentlich viel auf die Dame zu halten. Ami kommt nächstens auch."

Helene sprang auf, als ob sie einen elektrischen Schlag er- halten hätte: „Tante Adelgunde, mein Vater, Ami! Ich verstehe kein Wort."

„Das hab' ich Ihnen vorhin gesagt," erwiderte er kühl und ein wenig spöttisch.

„Sie sind mir eine Erklärung schuldig," hauchte sie und eine tiefe Blässe legte sich auf ihre Wangen. „Wir stießen bei Tisch auf die Erfüllung unserer Wünsche an."

„Der meine ist unterdessen in- die Brüche gegangen. Sie giebt die Tasse nicht her. Hoffentlich geht's Ihnen besser."

„Eine Tasse? Sie wollten hier nichts weiter als eine Tasse? — Und morgen fahren Sie zu Veltenbergs?" Helene hatte ihre Selbstbeherrschung verloren und trat dicht vor die schmächtige Gestalt Roberts. Die Folgen des Tennisspieles in der Sonnenglut,

6*

der feurigen Weine und der inneren Erregung an diesem wichtigen Tag machten sich geltend. „Mein Gott! diese Schwüle. Ich ersticke,“ sagte sie heiser.

Ihm wurde furchtbar unheimlich zu Mut. „Ich will das Fenster aufmachen,“ meinte er.

Helene fühlte nur, daß ihre Kniee zu versagen drohten und alles Blut schoß ihr in mächtiger Welle nach dem Kopf. Wenn sie ihm in die Arme fiele, könnte alles gerettet sein, war ihr letzter Gedanke und ohne gegen die drohende Schwäche anzukämpfen, sank sie willenlos mit geschlossenen Augen gegen die Portière, wo sie von zwei dünnen, knochigen Armen umfangen wurde. Lenz schlich kreideweiß aus dem Boudoir, denn er liebte es nicht, sich mit dem Gesundheitszustand Anderer zu beschäftigen, und als Helene die Augen öffnete, fand sie sich an Pfifferlings Brust, der mehr erschrocken als erfreut fragte: „Ihnen ist schlecht geworden, gnädiges Fräulein?“

In diesem Augenblick riß Gretchen den Thürvorhang auseinander. „Pfifferling, wo bleiben Sie denn?“, prallte aber vor dem zärtlichen Bild zurück, das sich ihr bot und sagte mit bebender Stimme: „Ziehen Sie Ihren weißen Anzug an, so oft sie wollen, meinetwegen einen himmelblauen, Sie sind und bleiben der lächerliche Pfifferling!“ Sprach's und ging wie eine Furie durch's Zimmer.

Helene gewann ihre vollständige Besinnung wieder und stieß Karlchen mit einer Kraft von sich, daß die weiße Gestalt diesen Angriff nicht erwartend mit einer gewissen Schnelligkeit auf dem Divan Platz nahm. „Was unterstehen Sie sich?“

„Nichts.“ Pfifferling blieb ratlos sitzen, seine heutigen Schicksale waren zu merkwürdig. Er begann sich über nichts mehr zu wundern und sah ziemlich teilnahmslos, wie Helene sich ihm gegenüber auf einem Stühlchen niederließ und ohne ein Wort zu sprechen in die dämmernde Leere starrte.

Auf der anderen Seite des Salons in einem ähnlichen Boudoir
— es diente in Friedenszeiten, wie sich der Oberst auszudrücken
beliebte, Gretchen zum Schlafzimmer — lag Tante Adelgunde mit
geschlossenen Augen in einem Lehnstuhl, während sich Frau Pfifferling
und Wanda um sie beschäftigten und Brüdermann in ängstlicher
Haltung, finster blickend am Fenster stand. Auf dem Boden lag

eine vollerblühte Rose „Gloire de Dijon", deren Duft sanft und
lieblich die verstörte Gruppe umspielte.

„Bringt denn niemand meine Tropfen," jammerte Frau von
Pakert, der die Sache langweilig wurde. „Pfifferling ist schon
eine Ewigkeit fort."

„Er wird sie nicht finden können," entschuldigte die Mutter
den Sohn, „aber Fräulein Gretchen könnte schneller zurück sein."

„Brüdermann," hauchte Frau Mertens. „Mir wird besser."

„Gott fei dank!", fagte Frau Pfifferling. „Wie war das
möglich, Adelgunde? Du halt doch noch mit fo großem Vergnügen
Rheinfalm gegeffen."

Der Blick der Leidenden fiel auf die Rofe, fie fchauderte und
feufzte: „Jft er fort? Haben Sie ihn getötet?"

Frau Pfifferling fchrie auf. „Brüdermann? Um Gottes willen!
Er fteht am Fenfter."

Wanda begann fich wieder zu unterhalten und Brüdermann
fagte mit dumpfer Stimme: „Jch habe ihn zertreten."

„So erzählen Sie doch," flehte neugierig Karlchens Mutter,
wurde aber durch den Eintritt Gretchens, die mit Frau Wanda's
Baldriantropfen erfchien, in neue Sorgen geftürzt. Das ftille,
freundliche Mädchen brachte mit einem harten, fremden Ausdruck
in der Stimme die Nachricht: „Jm andern Zimmer fitzt Helene
und fieht wie eine Fieberkranke aus. Jhr gegenüber Herr Pfifferling
mit einem Geficht, als ob er betrunken wäre."

Tante Adelgunde erholte fich unterdeffen, wodurch Gretchens
Meldung bedeutend an Wichtigkeit verlor und nur Frau Pfifferling
veranlaßte, hinauszutrippeln. Die Leidende hielt ihrem Freunde
Brüdermann die Hand hin und fagte mit wehmütiger Refignation:
„Sie können nichts dazu, daß ein Ohrenkriecher in der Rofe war."

„Auch nichts, daß er Jhnen an die Nafe fchnellte, als Sie
an der Blume riechen wollten," fetzte er beglückt nähertretend
hinzu, hob aber im Vorbeigehen die Gloire de Dijon vom Boden
auf und legte fie vorfichtig auf den Tifch. „Vor jedem Regen-
wetter gehen diefe Tiere in die Blumen, hätte ich gewußt . . ."

„Jch glaube, daß ich mich nie auf dem Lande eingewöhnen
könnte," jammerte die Tante. „Es giebt gar zu viel Tiere, bei
deren Anblick ich einen Nervenkrampf bekomme. Jch würde
zu Grunde gehen." Brüdermann befchlich bei diefen Worten
ein unbehagliches Gefühl. Mit Mißfallen bemerkte er, wie

Frau Wanda das Taschentuch vor's Geficht preßte und eilig das Zimmer verließ.

Sie fand im Salon nur Lenz und Berchthold, die gelangweilt neben dem Flügel faßen. Die anderen Herren hatte fich zu einem Skatfpiel in Brüdermanns Zimmer zurückgezogen, deffen ftiller Frieden in lebhaftem Gegenfatz zu den bewegten Auftritten des erften Stockes ftand. Mit Seelenruhe gewann Profeffor Meierfen, ohne zu ahnen, daß Glück im Kartenfpiel mit dem Unglück in der Liebe verfchwiftert ift. Die Nachbarfamilien waren bereits nach Haufe gegangen.

„Wer hat denn fo furchtbar gefchrieen?“, frug Berchthold

„Tante Adelgunde,“ lachte Wanda. „Ein Ohrenkriecher hat ihre Nafe für eine Rofe gehalten.“

„Er muß kurzfichtig gewefen fein,“ bemerkte Lenz, der fich von feinem Schrecken erholt hatte und durch das Unglück feiner Feindin den Humor wieder gewann.

„Ich faß hier,“ erzählte Frau von Pakert, — „die Herren hatten fich alle mit ihrer Cigarre zurückgezogen — und hörte halb im Traum, mit verfchiedenen Gedanken befchäftigt, Gretchens ewigen Lohengrin, als neben uns ein Schrei ertönte und Brüder-mann mit verftörtem Ausdruck die Vorhänge der Thür auseinanderriß und ausrief: Hülfe, fie ftirbt! Es war fehr dramatifch. Wir Damen und Pfifferling, der überall ift, wo er nichts zu fuchen hat, eilten hinein und fanden die gute alte Dame in einem fchreck-lichen Zuftand. Ich fchickte den jungen Mann in mein Zimmer, Tropfen zu holen, denn wir wollten Tante Adelgunde etwas er-leichtern und das hätte fich für Karlchen doch nicht gepaßt.“

„Alfo Sie haben mich gerettet und Pfifferling hinübergefchickt,“ verriet fich Lenz.

„Ich epchte mir gleich, daß Jhnen etwas zugeftoßen ift. Sie kamen wie ein begoffener Pudel herein,“ bemerkte Berchthold und Robert strich sich ein wenig verlegen das Haar an der Stirn glatt: „Nichts Besonderes. Fräulein Brüdermann ist etwas unwohl geworden. Es wäre nur peinlich gewesen, wenn man uns ganz allein angetroffen hätte."

„Da haben Sie das Mädchen Pfifferling überlassen," fragte der Leutnant etwas gereizt und empfand ein leises Mitleid für Helene. Frau Wanda sprang empört auf:

„Und Sie haben niemand gerufen?"

„Es war nicht so schlimm," entschuldigte sich Lenz, einen leichten Gewissensbiß verspürend, während die lebhafte Frau in das kleine Boudoir eilte und die Verlassenen fand, wie sie Gretchen beschrieben. Frau Pfifferling stand ratlos zwischen beiden, schüttelte den Kopf und bemerkte erklärend: „Sie müssen sich gezankt haben. Ich weiß nicht warum. Es spricht niemand von Ihnen ein Wort."

Als Helene die neugierigen Köpfe in der Thür erblickte, sprang sie auf, ging auf Frau Wanda zu und sagte mit großer Geistesgegenwart: „Gott sei Dank, daß das Gewitter vorüber ist. Herr Pfifferling und ich haben uns beide gefürchtet und sind hierher geflüchtet. Jetzt wollen wir wieder lustig sein. Es ist Zeit."

Wanda's weiblicher Instinkt ahnte das Vorgefallene ziemlich richtig. Sie nahm das junge Mädchen bei der Hand: „Ich glaube, s ist schon ziemlich spät geworden. Der Tag war anstrengend. Wir ziehen uns besser zurück."

Frau Pfifferling, von dem Wunsche beseelt, sich möglichst bald mit ihrem Sohne auszusprechen, war der gleichen Meinung und fand, daß auch für Adelgunde's Zustand Ruhe das beste Heilmittel sei.

Gretchen war verschwunden, sodaß Karl, ohne ein erklärendes Wort mit seiner Angebeteten zu wechseln, das gastliche Haus verlassen mußte. Er stützte die schwere Frau Mertens auf der einen

Seite, während sich Brüdermann auf der anderen bemühte. Lenz stand oben an der Treppe und hielt einen angezündeten Rauchleuchter über die Brüstung, denn die Dienerschaft hatte im sicheren Gefühl, daß bei der Herrschaft etwas nicht in Ordnung sei, vergessen die Lampen anzuzünden. In der Ferne zuckte noch ein verspäteter Blitz und warf ein helles Licht in das Treppenhaus; unruhig flackerte Roberts Leuchte, als der Zug scheidender Gäste, deren unheimlich verlängerte Schatten weit in den verödeten Hausplatz fielen, langsam die Stufen hinunterschritt. Sobald der Hausherr seine Jugendfreundin in den Wagen gepackt hatte, ging er mißvergnügt zurück, sich seiner Pflichten als Vater erinnernd, begegnete aber nur Frau Wanda, die ihn über Helene's Zustand tröstete und sagte, sie habe die Uebermüdete mit einem beruhigenden Thee zu Bett geschickt.

Brüdermann hörte zerstreut zu und frug statt aller Antwort: „Fürchten Sie sich auch vor Insekten und Käfern, gnädige Frau?"

„Ich? Wo denken Sie hin!", lachte die selche Frau, ohne ihren Mann zu bemerken, der sie von rückwärts um die Taille faßte und mit Humor bemerkte: „Dafür hast Du andere Schattenseiten, mein Kind. Wir müssen die Frauen nehmen, wie sie sind, Herr Oberst, und können froh sein, wenn sie uns nicht umzuändern versuchen."

Mit philosophischen Gedanken über das weibliche Geschlecht zog sich der Besitzer des Rautenhofs in sein Zimmer zurück und trat ans Fenster, einen Blick in die mondscheindurchleuchtete Natur zu werfen. Melodisch fielen die Tropfen von den regenschweren Blättern und leise lief ein Igel über den sandbestreuten Weg. „Welchen Anfall bekäme Adelgunde," lächelte er schmerzlich, „träfe sie zufällig mit diesem Tier zusammen." Er begann zu fühlen, daß die Jugendgeliebte nicht mehr das lustige, frische Wesen aus seiner Leutnantszeit sei und entkleidete sich mit großen Zweifeln im Herzen.

Unter der Linde aber faß auf einem naſſen Stuhl ein trauriger
Mann und preßte einen regendurchweichten Gegenſtand an ſich.

Es war Profeſſor Meierſen und ſein Werk. Niemand hatte
auf ihn geachtet. Als taktvoller Mann wollte er ſich unbemerkt
durch den Garten entfernen. Der Weg führte ihn an der Linde
vorüber, gerade als ein neckiſcher Mondſtrahl durch die Blätter
fiel und leiſer Wind eine Blüte auf das Buch warf, das
vergeſſen in Sturm und Regen draußen geblieben. „Ein franzöſiſcher
Roman“, dachte Meierſen und gönnte ihm dies verdiente Schickſal,

„Unter der Linde aber ſaß auf einem naſſen Stuhl ein trauriger Mann“ . . .

erkannte aber gleich darauf zu ſeinem Entſetzen das geliebte
Werk „Die Grundmauern Roms“. — „Das Mädchen hat kein
Herz,“ ſtöhnte er und tupfte mit ſeinem Taſchentuch die durch-
weichten Blätter zärtlich ab.

Ein Dichter, der ſeine lyriſchen Klänge auf dieſe Weiſe ge-
funden hätte, würde ſich die Haare in ſchreiendem Schmerz aus-
raufen, der Gelehrte trug die mühſam geborene Frucht ſeiner
Studien mit Wehmut nach Hauſe und murmelte vor ſich hin:
„Für eine deutſche Profeſſorsfrau iſt Herz notwendiger als Geld.“
Dann beſchloß er, den nächſten Tag in aller Frühe abzureiſen.

8. KAPITEL

arlchen faß vor der Villa
Rofa und zeichnete mit dem
Stock Figuren in den Sand.
Vor ihm ftand feine Mutter, die
Arme in die Hüften geftemmt,
und war wütend. „Sich fo
etwas entgehen zu laffen!
Diefe Aengftlichkeit haft Du von
Deinem Vater geerbt. Wir —
ich und er — haben auch drei
Stunden in einer Jasminlaube zufammengefeffen und ihm ift
nicht einmal das erfte Wort eingefallen.“

„Ich mag fie garnicht, Mama,“ tönte es mit dem trotzigen
Ausdruck eines kleinen Jungen zurück.

„Glaubft Du, daß für Dich ein befonderer Vogel gebraten
wird? Fräulein Brüdermann ift fchön, reich, gebildet, gefund.
Was kannft Du denn mehr von einem Mädchen verlangen?“

„Daß ich fie liebe, Mama.“ Karlchen ftand auf und feine
Mutter bemerkte, daß er reifer geworden. Die kleine Frau trat
um einen Schritt zurück, bewunderte im Innern den wohlgeratenen

Sprößling, dem fein fefter Ausdruck ungewohnter Entfchloffenheit
recht gut ftand, zuckte aber mit unendlich wegwerfender Geberde
die Achfeln: „Liebe! Karlchen, nimm Dich in Acht!“

Der junge Mann hatte gar keine Luft, von dem vorfichtigen
Rat Gebrauch zu machen und geftand auf ruhige, fachliche Weife
feine Gefühle für Gretchen von Zingen, die er befonders im Gegen-
fatz zu der launifchen und koketten Helene lieb gewonnen habe.
„Du bift auch eine arme Adelige gewefen und Papa ift doch fehr
glücklich mit Dir geworden,“ fchloß das kluge Karlchen, um von
Anfang an den wichtigften Einwurf der Mutter zu entkräften.
„Aber,“ fetzte er hinzu, „Gretchen hat mich mit Helene erwifcht
und glaubt natürlich nicht an die Umarmung wider Willen.
Darunter leide ich fchrecklich, Mama.“

Die gute Frau litt mit ihrem klagenden Sohne, und während
fie beratfchlagten, wie diefer Riß auszubeffern fei, erfchien in
hohem Hut und Gehrock, übermodern aber freundlich lächelnd
Robert Lenz. „Ift Frau Mertens zu fprechen?“ Er wollte einen
letzten Verfuch machen, feine Sammelwut zu befriedigen. „Tante
Adelgunde ift in der Kirche,“ erwiderte Pfifferling. Es war
Johannistag und die ganze Natur fchien in einer gewaltigen,
blühenden Jubelhymne die Sommerfonnenwende zu feiern.

„Wenn ein Herr käme, hat fie gefagt, foll ich ihn oben im
Zimmer warten laffen,“ tönte die Stimme eines dienftbaren Geiftes
fchrill aber lieblich für das Ohr des Befuchers aus dem Haufe.
Karlchen führte Lenz die Treppe hinauf, öffnete eine Thür, rief
vorfichtig „Ami, ich bin’s,“ durch die Spalte und beide traten
in das Gemach, Tante Adelgunde’s. Aus den Kiffen eines Lehn-
ftuhls hörte man leifes mißvergnügtes Brummen. Lenz bemerkte
das feindfelige Geficht eines überfetten Spitzes, deffen Schlaf
durch den Eintritt der Fremden unterbrochen worden. Es war
alfo kein Mops. Pfifferling erkundigte fich nach den Bewohnern

des Rautenhofs und bekam die Nachricht, daß auch Pakerts und
Berchthold vor der Abreise ständen, und daß der Professor, nach
dem Helene bereits in aller Morgenfrühe geschickt habe, spurlos
verschwunden sei. „Die Tochter des Hauses hat zwar blaue Ringe
unter den Augen, scheint aber von ihrem gestrigen Schrecken wieder
hergestellt. Sie müssen sie doch von der sogenannten Gewitter-
furcht gut getröstet haben," schloß er spottend seinen Bericht und
ließ seine Blicke neugierig durch das Zimmer schweifen. Es war
nicht groß aber voll unendlich vieler kleiner Sachen, deren die
alte Dame zu ihrem täglichen Leben bedurfte. Ein Mittelding
zwischen Apotheke und Posamentierladen.

Der Herr ist schon oben, Frau Mertens hat nur von einem
Herrn gesprochen," hörte man von unten. „Ich werde erwartet,"
antwortete die feste Stimme Brüdermanns, der ungeachtet aller
Proteste mit einem Rosenstrauß ins Zimmer trat. Karlchen beruhigte zum zweiten Mal den Spitz und wurde von dem Eintretenden mit besonderer Aufmerksamkeit begrüßt, Herrn Lenz
gegenüber war der Oberst kühl, beinahe dienstlich. Doch dieser
achtete nicht auf seinen Gastfreund, sondern fuhr wie ein Stoß-
vogel auf eine Kommode zu. Hinter einer Zeitung versteckt standen
die Ueberreste von Adelgunde's Frühstück und triumphierend hob
Robert die Tasse empor, auf deren strahlend goldenem Grunde
eine prächtige mythologische Scene abgebildet war: Ganymed von
dem Adler des Zeus in die Lüfte getragen. Kaum hatte Lenz
mit dem seligen Lächeln des Kenners den Gegenstand erfaßt, der
noch deutliche Spuren vom Rosenmund der Tante an sich trug,
kam Bewegung in den Dachs und, ehe Karlchen das Schicksal
aufzuhalten vermochte, packte Ami den erschrockenen Sammler an
der Hose. Die Tasse entglitt seinen affektierten Händen und
Ganymed lag vom Adler getrennt in Gestalt elender Scherben am
Boden. Brüdermann, der Hunde nicht leiden konnte, gab dem

Tier einen wohlgezielten Fußtritt, der Lenz befreite und Ami heulend seinen Stuhl auffuchen ließ.

In diesem Augenblick öffnete Frau Mertens die Thür, den Sonnenschirm und ein kleines Gebetbuch in der Hand. „Was ist

„Brüdermann, was haben Sie mit Ami gemacht?"

geschehen? Brüdermann, was haben Sie mit Ami gemacht?" sagte sie drohend aber durch verhältnismäßig schnelles Treppensteigen ein wenig atemlos.

Die schöne Rede, mit der Helene's Vater die frisch erblühten, von jedem Ungeziefer sorgsam gereinigten Rosen überreichen wollte, war vernichtet. Die Reize des Landlebens in beredten Farben zu fchildern, war er gekommen und dachte, daß diefer friedliche, lachende Johannistag dazu gefchaffen fei, die Launen der Jugendgeliebten zu befiegen, jetzt hatten Lenz und Ami die Weihe des Augenblicks zerftört.

Aber auch fie, die in der fchmucklofen Dorfkirche ein heißes Gebet gen Himmel gefandt hatte, daß Brüdermann fich ihr zu Liebe der allzu fehr mit Jnfekten erfüllten Natur entfremde, auch fie war in ihrem Gedankengang unterbrochen, fand fie doch Ami heulend, mit eingezogenem Schwanz, von jenem mißhandelt, deffen Ritterlichkeit fie fich anvertrauen wollte. Jhre Augen fchweiften weiter und fie fank fchwer atmend, mit wogender Bruft auf den nächften Stuhl.

Neben der Kommode ftand, das fchmale Geficht zu unendlicher Länge verzogen, ganz blaß aber mit roten Ohren Robert Lenz, in der einen Hand hielt er die Untertaffe krampfhaft feft, fein ftierer Blick war auf die Scherben zu feinen Füßen gerichtet. An feinem linken Bein war ein großes Stück feidener Unterhofe fichtbar und Ami, der fich an feine Herrin fchmiegte, kaute noch an den Reften des hellgrauen Stoffes.

Der einzige unbefangene Menfch im Zimmer war Pfifferling, aber er fchwieg, von der Gewißheit befeelt, daß feine Worte allen Anwefenden einen gewünfchten Angriffspunkt geben würden. Lenz dagegen im ficheren Bewußtfein, daß ein Millionenbefitzer auch eine Alt-Wiener Taffe ungeftraft zerbrechen könne, faßte fich zuerft und fagte: „Gnädige Frau, hätten Sie Jhren Hund beffer erzogen, trüge der Adler Ganymed noch immer gen Himmel. Jhre Hartherzigkeit, mir die Taffe nicht ablaffen zu wollen, ift die Veranlaffung ihres Untergangs. Wir find beide zu beklagen, Sie als Befitzerin und ich als künftiger Befitzer, denn ich hätte gewiß nicht verfäumt, in fpäterer Zeit die Taffe aus Jhrem Nachlaß zu erwerben. Jch empfehle mich den Herrfchaften." Er ftellte die

Untertalle auf die Kommode und verließ, ängstlich rückwärtsgehend, um Ami kein erneutes Angriffsobjekt zu bieten, das Zimmer. Pfifferling schlich hinter ihm her, ein furchtbares Gewitter ahnend, weil Tante Adelgunde, wie die meisten frommen Leute, vom Tode nichts wissen wollte und jede Anspielung auf ihr Alter als Beleidigung aufnahm.

„Donnerwetter!", sagte Lenz, den Schaden seines Beinkleides betrachtend und wurde von Karlchen in dessen Schlafzimmer geführt, um für den Heimweg eines der uneleganten Kleidungsstücke dieses Jünglings anzuziehen.

Beide jungen Herren gingen darauf hinunter, wo sie Gretchen zwischen dem Ehepaar Pfifferling fanden. Das junge Mädchen stand errötend auf, streckte Karlchen die Hand entgegen und sagte: „Ich haben Ihnen gestern Abend Unrecht gethan, Frau von Pakert hat mir alles erzählt."

Frau Pfifferling hielt das rechte Ohr bedeutend tiefer als das linke, schmunzelte gerührt und flüsterte ihrem Manne zu, als die jungen Leute — Gretchen einen halben Schritt vor ihrem beseligten Verehrer — wie von ungefähr nach einer Gartenbank schritten: „Ein liebes Mädchen! Sie wird ihn glücklich machen, wenn sie auch nichts mitbringt. So gut, so sanft."

„Aber energisch," antwortete kleinlaut Herr Pfifferling senior und erinnerte sich, wie auch seine Frau von ungefähr der Jasminlaube zugeschritten und er nichts ahnend hinterher gelaufen war. Sie traten beide zu Lenz, dessen Wesen durch die schlechtsitzende Kleidung etwas Unsicheres bekommen hatte. Als Helene von der Straße her auf die Villa Rosa zukam, suchte er seine Beine hinter den Röcken der Frau Pfifferling zu verstecken.

Ein Zug von Resignation lag auf dem Gesichte der Eintretenden, sie sah wie jemand aus, der einen großen Entschluß gefaßt hatte und mit sich einig war. ihn trotz voraussichtlicher Opfer auszuführen. Sie begrüßte Frau Pfifferling sehr liebenswürdig und erkundigte sich mit rührender Teilnahme nach Tante Adelgunde.

„Sie wollten wohl Ihrer geliebten Tasse einen Abschieds-besuch machen," fragte sie dann Robert mit unbefangenem Spott: „Wanda hat mir den ganzen Jammer erzählt." Dabei blickte sie zufällig an der Gestalt des einst so heiß Ersehnten herunter, der durch eine plötzliche Bewegung der kleinen Dame seiner Deckung beraubt war. Sie fand, daß er mit seinen dünnen Beinen und der zusammengesunkenen Haltung recht komisch aussah. Ihr Aus-druck muß dieses Gefühl verraten haben, denn er beschwor sie mit vorgestreckten Händen: „Sehen Sie mich nicht an, gnädiges Fräulein, Pfifferling hat mir seinen Anzug geborgt."

Kleinigkeiten bilden den äußeren Menschen, unsere Dichter und Philosophen bespotten sie mit Recht, aber der Durchschnitts-mensch liegt in ihrem Bann, die Aesthetik der äußeren Erscheinung ist und bleibt konventionellen Urteilen ausgesetzt. Diese Betrachtung that der jungen, enttäuschten Dame bis in das innerste Herz wohl, denn es war ihr Entschluß, sich mit allen Mitteln aus dem Roh-material: Karl Pfifferling, den künftigen Gatten zu entwickeln. Auch für schöne Mädchen ist es schwer, nach Geschmack wählen zu können, denn die gute Gelegenheit ist die Tochter des Glücks und die Kugel, auf der sie steht, ist viel kleiner und rollt viel schneller an uns vorüber, als die oft gemalte und besungene der Mutter.

„Hätten Sie mir nichts gesagt, wäre mir kein Unterschied aufgefallen," lächelte Helene und wendete sich mit einer gleich-gültigen Frage über den heutigen Gottesdienst an Karlchens Vater, der Tante Adelgunde begleitet hatte. Lenz war für sie endgültig erledigt, wie Berchthold, wie mancher Andere, den sie entweder im Bewußtsein ihrer Schönheit und früher wegen der Stellung

ihres Vaters schlecht behandelt hatte oder von dem sie — wie
in diesem Falle — das gleiche Schicksal erleiden mußte. Wer
nach den Sternen hascht, muß gewärtig sein, in die Luft zu greifen
und wer sich selbst für einen Stern hält, wird leicht unter die
kleinsten Asteroiden gezählt, die blos für den Astronomen glänzen,
der sie gerade mit dem Fernglas sucht.

Mit freundlichen Blicken sah Helene nach der Gartenbank,
auf der Karl und Gretchen immer röter wurden. Beide waren
zu sehr mit einander beschäftigt, um etwas außerhalb ihrer Bank
und des Fliederbusches darüber wahrzunehmen. Der verliebte
Pfifferling tastete nach dem weißen Händchen, das bereits dieser
Zärtlichkeit gewärtig, neben ihm lag, und führte es als Sieges-
beute an die Lippen. Er hatte wenig Widerstand bei dieser Bewegung gefunden, denn Gretchen rückte ein gutes Stück näher
an ihren Nachbarn heran. Es brauchte ja niemand etwas von
ihrem Gespräche zu hören.

Helene sah mit wachsendem Erstaunen das seltsame Gebahren
ihrer Cousine und verlor vollständig den Faden der Geschichte,
die sie mit gewohnter Lebhaftigkeit Karlchens Eltern zum besten
gab. „Ihr Sohn scheint mich gar nicht bemerken zu wollen,"
unterbrach sie sich.

„Karlchen? — Er ist sehr kurzsichtig, Fräulein Helene," sagte
die Mutter und blinzelte verständnisvoll zu ihrem Mann hinüber,
der aufstand und mit den Worten: „Da kommt ja Brüdermann,"
auf das Haus zuging. Dieser schien verändert. Ob er enttäuscht
oder erleichtert aussah, ist schwer zu sagen. Seine Stirne trug
zwar die Falte tiefen Ernstes und den Augen sah man eine aus-
gestandene Gemütsbewegung an, aber die Haltung, die letzter Tage
etwas gebeugt und nachdenklich gewesen, war wieder militärisch,
aufrecht und selbstbewußt. Er hatte endgültig mit dem Ewig-
weiblichen abgeschlossen. Erstaunt, seine Tochter im Pfifferlingschen

Kreis zu treffen, forderte er fie auf, da er keine Luft zu längeren
Gefprächen hatte, mit ihm nach Haufe zu gehen.

„Wir müffen noch auf Gretchen warten, fie fcheint fich nicht
von Herrn Pfifferling trennen zu können," meinte diefe übel-
gelaunt und dachte bereits daran, die Coufine aus dem Haufe
zu entfernen. Bis jetzt war fie gewohnt, das blonde Mädchen
als Folie der eigenen brünetten Erfcheinung zu betrachten, plötzlich

Hand in Hand fchritten der lange Jüngling . . .

fah fie in ihr eine gefährliche Konkurrenz. Aber es war zu fpät.
Hand in Hand fchritten der lange Jüngling und die liebliche
Jungfrau auf die Eltern zu. Vor Befangenheit ein wenig heifer,
aber doch ruhig und verftändlich erklärte Karlchen, daß beide einig
mit einander geworden, den Lebensweg gemeinfam zurückzulegen.
Gretchen umarmte die entfetzte Helene und flüfterte ihr ins Ohr:
„Du haft ihn immer lächerlich gefunden aber, paß auf, was ich

in zwölf Monaten für einen Mann aus ihm machen werde. Stoff ist da."

Das hatte sich die Arme in dieser Nacht selbst gesagt. Sie kam sich vor wie jemand, der den Zug versäumt und einsam auf dem Bahnhof steht.

„Fünf Minuten zu spät!", hatte der dicke Stationsvorsteher in Birkenbach vor vierzehn Tagen gesagt, als sie nach Frankfurt wollte, um Kommissionen zu machen. „Fünf Minuten zu spät," schien der Ausdruck Frau Pfifferlings zu sagen, die ihren verliebten Sohn stolz betrachtete.

Oberst Brüdermann verließ mit Lenz und Helene die Villa Rosa, als in der Hausthür Ami als Vorbote von Tante Adelgunde erschien. Die Braut versprach man am Nachmittag abzuholen.

Karlchen sah unter seiner Brille auf das fröhliche Gretchen, die ihr eigenes Schicksal in seine Hand gelegt hatte und that still für sich den heiligen Eid, sie recht glücklich zu machen. Sie sollte es nicht bereuen, weder am Namen Pfifferling noch an den Kanten seines Wesens Anstoß genommen zu haben. Das Lächerliche der eigenen Person kannte er nun und die keimende Liebe erleichterte dies Einsehen. Damit war der erste und schwerste Schritt zur Besserung geschehen.

Gretchen strahlte in Seligkeit und ihre natürliche Art verbot ihr, die Freude zu verbergen. War ihr Leben im Hause des Onkels auch sorglos und behaglich gewesen und ließ Helene sie nur selten die Abhängigkeit fühlen, so sehnte sie sich doch nach Raum und Gelegenheit, ihr ureigenes Wesen zu entfalten.

Sicher und energisch war sie vorgegangen, sich den jungen Mann zu erobern, dessen Wert niemand erkannte und dessen Seele doch so gut und erstrebenswert war. Heute zwischen den gemütlichen Leuten fühlte sie sich wirklich zu Haus und weinte eine kleine Thräne der Rührung, als Tante Adelgunde ihr Glück wünſchte und hinzufügte: „Jn der Jugend kann man ſich leicht an einander gewöhnen, da richtet ſich eines in das andere ein. Später geht das nicht mehr, die Gegenſätze werden zu groß. Jn Eurem Alter liegt das Glück auf der Straße, hebt's auf. Jn meinem thut das Bücken zu weh." Dabei erglänzte ihre Naſe in röteſter Röte und ein wehmutsvoller Blick fiel auf den ſchwanz- wedelnden Ami zu ihren Füßen. Sie hatte ihrem Jugendtraum mit dieſem Glückwunſch eine kleine Leichenrede gehalten.

Unterdeſſen ging Brüdermann ſchweigend zwiſchen Lenz und Helene auf dem Wieſenpfad nach Haus. Jedes trug ſeine eigene Enttäuſchung. Als die Villa Roſa mit ihren Bäumen bei einer Wegbiegung dem Auge der Rückſchauenden entſchwand, fing Robert an, die Scherben des Ganymed zu vergeſſen und an ſeinen wichtigen Beſuch im Hauſe Veſtenberg zu denken. Jn Helene's Ohr klang aber leiſe die Tiſchrede des Profeſſors vom Palladium. Jſt es doch das Vorrecht der Jugend nach verlorener Schlacht auf dem Kampfplatz Troſtgründe und Hoffnungen zu ſuchen.

Jm Rautenhof angekommen fand man den Hausplatz voller Koffer und die Gäſte zum Abſchied gerüſtet.

Als Frau Wanda das Haus verließ, umarmte ſie Helene auf das Herzlichſte: „Sie kommen im Winter zu mir. Unter den Huſaren giebt's luſtigen Karneval."

Brüdermanns Herz jubelte, fühlte er ſich doch der Verpflichtung enthoben, noch einmal den Ballvater zu ſpielen. Endlich rollten die Wagen von dannen und man winkte ſich mit den Taſchentüchern die letzten Grüße.

Der Hausherr wendete ſich aufatmend nach ſeinem Zimmer, um eine bequeme Joppe anzuziehen, als Helene ihn unvermittelt frug: „Wo haſt Du Meierſens Buch?" Niemand kannte das Schickſal des Folianten und die junge Dame ſetzte ſich raſch ent- ſchloſſen an den Schreibtiſch, beſtellte bei ihrem Buchhändler das neueste Werk des Profeffors und teilte dem Autor in einem liebenswürdigen Briefe mit, die wertvolle Gabe fei ihr geftohlen worden, fie hätte fich aber fofort um ein neues Exemplar bemüht.

Diefes Schreiben an die Eitelkeit des Gelehrten gerichtet, verfäumte nicht, feine Wirkung zu thun, denn eine Woche fpäter klopfte der Profeffor wieder an die Thüre des Rautenhofs, um fich von der Thatfache zu überzeugen, daß ein deutfches Mädchen fo viel Herz habe, für zwanzig Mark die Gefchichte der Grundmauern Roms zu kaufen.

Während Helene in diefem Buch ftudierte und auf diefe Weife von neuem an einem Hausbau zimmerte, ging Brüdermann mit feinem Gärtner durch die Rofen, die ftark von Ungeziefer aller Art heimgefucht wurden.

„Mit die Rofen geht's wie mit dem Glück,“ tröftete der einfache Mann. „Wenn man denkt, fie blühn fo recht fchön auf, kommt der Wurm und nagt den ganzen Spaß zufammen.“

„Sie haben recht, Friedrich, aber Raupen laffen fich abfuchen,“ antwortete der Rofenfreund und ging mit fchnellen Schritten dem Brautpaar Pfifferling entgegen, das fröhlich lachend im Sonnenfchein von der Linde her kam, unter welcher Karlchen vor wenig Tagen die Gewißheit erhielt, geliebt zu werden.

R. Boll, Berlin.